別裝作冷漠，不要再沉默，
離別的心情，怎麼說出口；
在你的眼眸，有我的承諾，
曾經做過的夢，何時能完成。
用心去感受，曾經的溫柔，
也許我不在你身旁你才會惦記著我；
未知的旅途，等待我去走，
我期待：
無知的面容、以前的脆弱、一切的憂愁，
隨時間而過。

——天平琴・未知

草綠色的回憶

當兵生涯之酸甜苦悶

天平琴◎著

推薦序一

災難的年代，最需要看年輕堅毅的軍中文本。

中原商設系兼任講師　李欣頻

我沒當過兵，這或許是每個女生的遺憾，少了鍛鍊人的機會，少了面對生死無常的勇氣。

看完天平琴的《草綠色的回憶》，從他年輕、感覺力十足的細膩文筆下，體驗他近兩年充滿震撼、緊張、刺激、死亡威脅的軍旅生涯後，除了更了解人性，更了解生命深處外，突然也鬆了一口氣，覺得自由得來不易，能呼吸真好。

天平琴是我第一屆廣告文案課的學生，我對他廣告作業中很另類的文筆十分驚豔，他也是班上成績最高的。我沒想到他早已經經營完一本書，難怪我很容易從四、五十份作業中第一眼就印象深刻。

很多人在他這個年紀都沒有辦法如他那樣能全心感覺生命，而且又能表達地如此自在而且流暢；軍中鍛鍊他的身也同時鍛鍊了他的心、文字與靈魂。

災難的年代，最需要看年輕堅毅的軍中文本。最後要恭喜天平琴平安退伍，恭喜他交出如此生動精彩的文字，讓我們都有幸看到一個更淬練的生命，在未來的世界裡因為書寫而演出精彩。

推薦序二

反覆與堅持過後
柔水終成雕刀

——席慕容・雕刀

視覺設計工作者　龔郁媖

在「反覆與堅持過後　柔水終成雕刀」，驀然回首他已在生命裡切下一道深谷。兩年，它可像蒸發般的似乎沒發生過，它也可以，成為成千上萬的文字，展開在每個人的眼前。

紀錄，是一個很簡單的動作，但他就像是一格一格的分鏡，要如何將他串成一部具有力量的影片，那需要的是持之以恆的毅力，還有，你必須擁有一份單純，不去顧慮太多，只是很忠實的把當刻的感覺記下，最後，要有與人分享的勇氣，不在乎他人的評價，而是想辦法將他推至心中最臻於完美的境地，說出自己想說的話。

記得有這麼樣的一個故事，有個人，他看見一片滄涼的荒野，於是決定不停的埋下種子，不管狂風驟雨沖刷，鳥獸啄食破壞，於是，在物換星移年歲更遞之後，另一個偶經的旅人，竟發現當年的荒原不但成為了豐沛蒼鬱的綠林，還孕育著河流小溪，無數生命。本書的作者，也是如此執著的在經營著他的人生，生命是如此的豐沛，縱然酸甜苦辣，晴雨寒暖，仍然美好，只要你我一起扶持、分享。

繼侯文詠的《離島醫生》後，這是另一個有關於年輕男孩，進入一個純然雄性黑盒子裡的故事，那裡，有很多的荒謬，是我們難以想像又確實存在著的，準備好了嗎，如果好了，就請隨著這草綠色大兵的步伐走下去吧。

做得好不好是一回事，重點是：我已經做了！

你有寫日記的習慣嗎？或是會寫下心有所感的支字片語、一句話，甚至是長篇大論？

我的意思是說，你會不會感嘆時間過得太快，曾經擁有的記憶都在片刻之間消失得無聲無息？

當人生被時間蠶食到某個階段，你是否還會記得年少輕狂的歲月裡自己幹過哪些好事？是否還會記得創業立業的辛苦過程？是否會記得「歷史上的今天」你發生過什麼事？

我想，懷念從前的人很多；但是，記得從前的人很少。當你深刻體認「光陰一去不復返」的道理，就會發現記錄的重要。

人類的文明進化有歷史學家加以記載；政要人物有記者媒體為他們追蹤一舉一動；那麼，平凡的你我呢？只有靠自己為自己留下一點痕跡了。

小時候看到電視上的明星，只能羨慕他們的亮麗光采，可是當卡拉ＯＫ日漸風行，電視臺開放之後，每個人都可以是明日之星。很多看似遙不可及的夢想其實都離不開簡單的思考與邏輯，關鍵只在於「執著」兩個字。這本書，做得好不好是一回事，重點是：我已經做了！

每個人都有屬於自己特有的故事，縱使平凡無奇，卻也珍貴異常，端賴你從什麼角度來看待它。

我也不能說得很明白，總之，我相信每個人都可以成為自己的偶像。

◆

當兵，對男孩子而言是一件人生大事，但是現今社會上至少有一半的人沒有接觸過兵役生活。所以，很多人對軍隊生活只是一知半解；只是聽人家說；只是從電影裡知道個大概。

我的兩年，只能代表極少數男子的當兵甘苦，和其他當過兵的人相比較，我的經歷實在是微不足道，既沒遇過演習，也沒去過外島，更別提飛彈坦克了。

隨著社會國情的變化，書中提及的經歷或許與現今的兵役制度有些微出入，但是軍中生存規則與基本生活型態則是數十年如一日，階級與梯次掛帥的世界裡，除了考驗人性，也考驗著應變能力。

樂見軍中管教朝向人性化邁進之餘，本書希望給還沒當兵的人做為一個預習；給不用當兵的人當成一項參考；給處於逆境的人一些鼓舞；給處於順境的人一些反省。

目錄

參、上成功嶺邁向成功之路？ 69

壹

新兵新生活

新兵生活是一場與時間的賽跑。

八十四年十二月十九日是我入伍服役的日子，對於從未單獨出過遠門的我，是個難忘的一天，不知未來兩年的歲月會如何？內心的不安激盪得令我無法知道自己在想什麼？好像所有認識的親朋好友、熟悉的環境都要離我而去，離情依依，非常不捨。

在收到徵召令之前，許多朋友都曾與我分享他們的當兵經驗，給我心理建設，但是，「當兵」一事仍令我害怕，主要是常看到電影上的操練情形及最近接連傳出的不當管教事件。不過，沒辦法，這兩年是逃不掉囉！

十二月十九日，媽媽載我至火車站，一大群役男都集中在這裡，等待入伍專車帶我們到嘉義崎頂報到，每個役男都得到市公所發的旅行袋及一個便當，算是國家所賜予的第一項恩惠吧！

和母親道別後，踏上火車，選了一處靠窗的座位。不知道到崎頂有多久的車程？崎頂會是怎樣的環境？愈想心情愈鬱悶，此時忽然發現走道的另一端有個非常熟悉的大光頭，原來是國小同學小詹。雖然這裡不是「他鄉」，但我確定此時可以了解「他鄉遇故知」的喜悅，和他一起聊聊天，稍微舒解沉重的情緒。他展示他所攜帶的東西，包括綁腿、好幾件內衣、一大疊信紙及一本《如何當兵不吃虧》，真服了他，相較之下，我的行李就不算什麼。

到了斗六，轉搭巴士，約下午一點半到達營區。所有人先在大草坪上排隊、點名，像是洗牌似的，相識的人都分散在不同的隊伍，我和小詹也在此分手，接著被帶到一棟大樓前面，班長開始按高矮編排隊伍，我被排在第三排第十一班。

再來就是填寫一堆個人基本資料、體檢、理髮、分發日用品及軍用草綠制服。原本每個人頭髮都保有自己的個性，長髮、染髮、雜亂皆有。不過，從理髮部出來後，全都變成大光頭，看看自己，看看別人，滋味各在每個人心中。

到晚上就寢前，一舉一動全由班長的命令控制，一下子這樣，一下子那樣，開始感到這邊跟外面世界的不同，作息時間很緊迫，搞得大家緊張兮兮的。我想，大多數的弟兄也都像我一樣有著忐忑不安的心情吧！

當晚，掛起屬於自己的蚊帳，躺在恰能容身的床上，看著蚊帳外灰色矇矓的世界，久久無法入眠，心中重覆想著一個問題：「我真的來當兵了嗎？我是真的入伍了嗎？」閉起眼睛，家人、朋友的影像一一浮現腦海中，從前種種往事，如影歷歷。突然懷念起過去自由無知的歲月，試著不去想，但思緒卻不停地攪動著回憶，好一個失眠的夜晚。

這種情況持續了兩個多小時才淺淺地睡著。等我再次醒來，已是半夜不知幾點鐘。只聽得周圍酣聲四起，望著窗外幽暗的月光，心裡又開始複雜起來，想東想西，想南想北，又失眠了兩個小時。這段時間內，不時可以聽見說夢話及磨牙聲，或是從夢中驚醒搖晃床鋪所發出的聲響，不知道有沒有人和我一樣，到現在也還無法入眠呢？

隔天早上六點鐘，全部的人在班長一聲令下起床。班長開始教我們摺蚊帳、摺棉被，才教完，馬上限時一分鐘讓我們整理自己的內務。大夥兒七手八腳亂摺一通，各種形狀的棉被都有，班長要求我們要兩兩互助合作摺棉被，的確，這樣比較快，也比較整齊。

「三秒、兩秒、一秒，停——！停了還動！」班長喊停，所有人都不許動，要維持現有的姿勢。

「還沒摺好的人，再給你們十秒鐘。摺好的去拿盥洗用具外面集合，帶你們到樓下盥洗！」

排隊到了樓下，「給你們三分鐘刷牙洗臉。話說完還有兩分鐘！」

十二月的嘉義清晨，寒風陣陣冷得要命，我用冰水洗臉刷牙，邊洗邊發抖，只好胡亂用水潑一潑臉、漱漱口，幾秒鐘內解決完畢。

「還有十秒——九、八、七…停——」入伍第一天的清晨是既緊張又忙碌，情緒很低沉，有點想掉眼淚。

用餐時間是個短暫的快樂時光。早餐是一鍋幾乎是水的稀飯以及一顆沒有膨鬆的小饅頭，再配上幾樣小菜；午、晚餐較豐富，還有水果可吃。進餐廳用餐的秩序非常重要，不能說話，吃飯要抬頭挺胸，取板凳、就定位都得聽從班長的口令動作。

餐廳外有兩個水池，一池有加洗碗精，另一池是清水，所有人出餐廳後，捧著自己的餐盤去沾洗碗精，用手指抹一抹，再到清水池中清洗，當班長開始倒數計時，每個人就開始緊張了，所有動作得在短短時間內完成。我們有如成群的螞蟻圍著兩個水池，經過多人清洗，清水池早已污穢不堪！偏偏為了趕時間，根本沒有多餘的工夫拭去油垢，可以說直接沾上洗碗精後再放入清水池中，拿起來便一切搞定。等到下一餐時，面對殘留油汙及洗碗精的餐盤，只好拿出衛生紙用力擦拭，至少外表看起來乾淨會吃得安心一點。

晚餐過後就是盥洗時間。崎頂營區衛浴設備新穎，但唯一的缺點是常常會停水，停水的時間很長，十分不便。或許是一整天被班長的時間限制嚇到了，每個人洗澡都拼命洗戰鬥澡，深怕尚未沖去肥皂泡沫就被叫出去集合。

連上有一個上室內課的大教室，稱為「中山室」，建築物前的大空地稱為「連集合場」。整個連共分成三個排，每個排又分為四個班，每個班大約有九名士兵，並有一個班長，每個排睡一間大通鋪；每個人有一個內務櫃，照規定擺放自己的衣物。

新兵入伍第一件事就是要填寫基本資料並熟悉環境，給予心理上的輔導，先穩定情緒，所以此時政戰人員就扮演了重要的角色。

第十班班長是連上的政戰士。因為要造許多份新兵名冊，需要幾名公差幫忙，可能是看我長得斯文，所以便被叫去抄寫名冊，幾個政戰公差在中山室旁的小政戰室寫字，不必像其他人坐在中山室聽班長大呼小叫，省掉許多煩人的事情。造冊的時候有機會接觸到許多人的基本資料，知道連上人員的組成良莠不齊，有幾位大專肄業，有幾位不識字，還有幾位有前科，當然，這些資料都是機密，不能洩露出去。

往後的日子裡，我發覺每個人在頭髮落地的同時，似乎也把個性隱藏起來，在「只求兩年平安度過」的前提下，袍澤相處倒還融洽。

打掃時間

掃廁所的日子的確讓我懷念。

當兵，能混則混，能摸則摸，一切都講求表面工夫，所以打混摸魚實為必修課程。譬如打掃時間，拿個掃帚揮一揮，把比較明顯的垃圾掃掉就好，除非班長在旁邊監督才要稍微賣力些。我那時被分配到掃廁所，負責此區域的共有五員，剛開始大家都很認真清掃，該刷的用力刷，該拖的用力拖，但做久了便發覺地板剛剛拖好，別人一進來就踏髒了；馬桶剛剛刷乾淨，立即有人要上大號。等班長檢查時，卻成了不合格，只有被罵的份，辛苦全沒代價。

後來，我們學會一招，既可摸魚，又不會被罵。

打掃時間一到，大家手持打掃工具，聊起天來，等班長前來檢查，我們便以惡人先告狀的姿態向班長說：「報告班長，他們在裡面上大號，害我們不能打掃。」有的班長點點頭就走出去，有的則向裡頭大喊：「打掃時間躲在裡頭做什麼？全部都給我出來，別想躲在裡頭抽菸！」然後回頭命令我們：「以後打掃時間不准讓別人進來上廁所！」

有了這道命令，我們變得更加猖狂，乾脆將廁所大門關起來，聊聊天，看看窗外的風景，上個廁所，自動把特權覽在身上。

若有人想進來廁所，我們就以很嚴肅的口吻說：「班長說過，掃地時間不准上廁所。」要寶一點就再接一句：「『施主』請回，下次請早。」然而，他們通常會表示自己是真的很急，沒有其它企圖的。「噢，這個，可是…，好吧！但是不能把地板踩髒，使用完畢要把馬桶刷乾淨才行！」看他們墊著腳尖走進來，用完後又幫忙刷馬桶，心裡就覺得很好笑。

有時候，我們被他們苦苦哀求到很不耐煩時，索性把每間廁所都鎖起來，「馬桶不通，你們去樓下上廁所啦！」

雖然並非每次掃地時間都是這種情況，或許有些誇張，但掃廁所的日子的確讓我懷念。

安全第一，人命關天，不是隨便說說。

打靶

實彈射擊是軍人的基本戰技，正式打靶之前，有一門課程稱作「射擊預習」，就是練習各種打靶姿勢、槍的拿法、如何瞄準等等。

主要的姿勢有三種：立射、跪射、臥射。「立射」是以站立姿勢拿槍做瞄準動作；「跪射」是以蹲姿瞄準，左大臂撐在左腿膝蓋上；「臥射」是趴著瞄準，左手臂挺著槍，靠肘關節撐在地上。三種姿勢中以「立射」最可怕，一把接近四公斤的槍，幾乎所有重量都落在懸空的左手。班長通常會要求維持這種姿勢十幾分鐘，然後一個一個糾正錯誤的姿勢，等班長糾正到後面的人，前面的早已撐不下去，個個槍管朝下。

「打地瓜啊！姿勢再不做出來，大家就繼續撐，直到每個人姿勢都標準為止！」

然後，班長會去抓那些槍口朝下的人，罰他們將槍管朝上四十五度，呈「打飛機」狀，一次立射預習下來，手臂是痠得要命！跪、臥射也是很辛苦，「跪射」是腳會蹲到發麻；「臥射」並不是全身趴在地上，而是要靠左手肘關節將上半身撐離地面，想想看，左手托著槍，僅用肘關節頂在堅硬的石子地上，疼痛是可以想見的。

「射擊預習」之後，就可以開始打靶。靶場上的秩序是非常重要的，真槍實彈不容許開玩笑，安全第一，人命關天，不是隨便說說，所以，幹部們會比平常嚴格許多，稍微一點事就大吼大叫。

我記得第一次是二十五公尺歸零射擊，在距離二十五公尺處有一張靶紙，子彈要命中靶紙上的小圓圈才行。因為是第一次打靶，心裡很緊張，聽到周圍槍聲四起就更慌了，我拿起槍，沒有瞄準就叩板機，平常所教的「据槍八大要領」全部拋到腦後，結果不但沒有命中目標，連靶紙都沒碰到，靶臺助教見狀拿起樹枝猛敲我的鋼盔，「你在打什麼?槍都沒有瞄準就發射，亂七八糟，不用心!不用心!平常是怎麼練習的啊!」一直被罵到下靶臺才解除警報，回想剛才，已經忘記我是怎麼打靶的，只有靶臺助教的責罵聲還迴繞在耳際。

到結訓為止，每次打靶都類似這種情形，亂打一通，只有一次打六發中了五發，受到稱讚。不過，憑良心說，這絕對是「瞎貓碰到死耗子」，僥倖的!

長官只要看到刺槍的動作整齊劃一，精神飽滿，就會很高興。

三項累人的體能戰技

「三行三進」、「五百公尺超越障礙」、「刺槍術」，據班長口中得知這三項玩意兒曾令許多英雄好漢聞之色變，等我親自遇上了，證實此話不假，假使這三項戰技對你而言都是小事一樁，那你一定擁有超人的體能及堅強的毅力。

一、三行三進

「三行三進」即潛行、爬行、側行、滾進、伏進、躍進等六種前進的戰鬥姿勢，有的用爬的，有的用跑的，有的連滾帶爬，每個名詞的詳細動作我也記不太清楚，只記得班長喊：「提槍快跑前進！」我們就右手提槍，低下身子，向前狂奔，然後班長下口令：「砲擊！」全部人員便馬上臥倒。看似簡單，苦在其中，因為上野外課的場地在一片充滿原始景象的戰鬥教練場，滿地的黃土、沙子、雜草、石頭，還有特別設計的斜坡、土丘，坑坑洞洞一大堆，就是在這種環境之下才能訓練我們適應各種地形的戰鬥能力。

所以，只要大家一跑起來，「黃沙滾滾」、「滿天塵土」的景象就出現在眼前，更慘的，一旦臥倒，正好人人都趴在地上吸沙吃土，從頭到腳都沉浸在黃土的洗禮。臥倒幾秒後向前衝，再臥倒，再衝⋯，重覆同樣的事。下課後，拖著一身髒兮兮回去，臉上貼滿黃土是免不了的，順勢拿起衛生紙往鼻孔一抹，白色衛生紙上馬上沾粘一層黑，這時候最好即時擠出一些鼻涕、咳出一些痰，因為你將會發現分泌物全部都是黑褐色的，不知在體內還有多少塵土泥沙，有點可怕！

「伏進」與「滾進」應該是令人印象最深刻的。班長會選定一個不大不小的斜坡，從遠處「提槍快跑前進」，跑至斜坡下方「臥倒」，然後開始「伏進」，也就是拿著槍爬行，直到斜坡頂端，坡面充滿許多又尖又硬的石頭、坑洞、含羞草，手肘、膝蓋、腳踝馬上被刺得又麻又痛，磨得瘀血受傷，苦不堪言！你若是說：「那我就慢慢爬，或乾脆賴在原地不前進，班長你又能奈我何？」千萬別想得太美，班長又不是傻瓜，「你們要慢慢爬，沒關係，我只抓最後兩個，和下一輪的人一起再爬一次！」所以，每個人只得死命地往前爬，深怕自己成為犧牲者。

「伏進」可能只是忍受疼痛、擦傷之苦而已，「滾進」可不同了，除了有「伏進」的各種結果，還須忍受頭昏腦脹等身體內部的不舒服。

前述所提，等所有人都「伏進」到達坡頂之後，就開始實施「滾進」課程——從坡頂滾下來，滾動時必須用雙腳夾住槍，大姆指抵住槍口，避免塵土飛進槍管內，一路滾來，起碼滾個十幾圈，滾完後，已經頭暈目眩，天旋地轉，搞不清楚東西南北，甚至還有不少人已經在一旁吐得滿地，「滾進」時，由於戴著鋼盔，紮有S腰帶，S腰帶上又繫著一個大水壺，滾起來很吃力，尤其當身體去壓到水壺時，彷彿就像肚子被揍了一拳似的，有時候滾偏了，會發生兩人撞在一起的情形；有時候會滾到「石塊區」或「含羞草區」，自找苦吃；有時候鋼盔沒戴緊，會滾到別的地方去，狀況百出。

我記得自己是閉緊眼睛，咬緊牙根，用力地往下滾，不知道滾了多少圈，吃進多少沙子，再次睜開眼睛，只見四周圍都在旋轉，肚子很難受，想吐又吐不出來，全身沾滿黃土，坐著休息一會兒才逐漸恢復體力。看看其他人，大部份和我一樣，東倒西歪坐在地上喘氣；有的開始嘔吐，早餐全部吐出來；有的人比較可憐，被叫去重爬一次、再一次……。

班長告訴我們，他們以前練習時也是這種情況，休息時還跑去打「小蜜蜂」註，等到上課，來一次「滾進」，就把剛才吃下去的東西全部吐出來，下課又去吃東西，上課再吐，為了吃東西，不惜犧牲一切。

二、五百公尺超越障礙

「五百公尺超越障礙」重在瞬間的爆發力。

五百公尺之內共有七項障礙物要一一通過，首先是高低欄，再來是爬竿，依序是高牆、高跳臺、壕溝、獨木橋、鐵絲網。

各項障礙物都有其相關規定，譬如：高牆，可以互相幫忙把同伴推上去，但是不能在牆上將同伴拉上來；壕溝，理論上應該有水，若跳不過就成了落湯雞，但是我們使用的並沒有水，只有沙子；鐵絲網處要用「伏進」方式通過。

雖然只是短短的五百公尺，可是通過層層關卡到了最後，會有如虛脫般的無力感，一次大約五個人一起跑，大伙兒最怕的不外是爬竿及高牆，每一關都有一位班長把守，防止摸魚，若是有一關沒通過，總成績就加兩分，不要會錯意，是總共所花的時間再加兩分鐘。

還沒跑之前，我也不相信這玩意兒會很可怕，頂多高牆爬不過而已嘛。

頭一回練習，第一站「高低欄」輕鬆過關。第二站「爬竿」，不知道是竿子有抹油，還是穿著皮鞋不好爬，我撐了好久，始終爬不上去，摸不著竿頂，只好放棄，跑到下一關「高牆」時，體力已耗損許多，眼看同伴一個一個翻牆而跑，心裡很慌，最後剩下我和阿海，我們誰也不肯幫誰，因為都深怕幫對方過關之後，自己留在原地會很難堪，但，終究是我心腸好，把他推上去，犧牲自己。到了下一站「高跳臺」，已經體力缺缺。接著「壕溝」，幸好溝裡無水，否則，一定摔進去洗泥澡，因為以它的寬度而言，我絕對沒有足夠的力氣跳過去。等過了最後兩站，已是拖著蹣跚的步伐，小跑步向終點走去，像隻落荒而逃的狗，張開嘴，吐著舌頭，用殘餘的力氣喘息，總成績為四分二秒加四分鐘（因為有兩項沒通過），很差的成績。

有了一次的經驗，第二次就不敢大意，事前先想好：既然「爬竿」爬不上去，何不放棄，保留一些體力來衝刺？打定主意後，便照計劃進行。

到了「爬竿」處，我只是裝個樣子，摸摸竿子，假裝爬不上去，便衝向下一站。到達「高牆」，當然也是翻不過去，忽然一個聲音傳來：「上去，我推你上去！」原來是阿海，既然他來報恩，我也就不客氣先越過去，繼續往前跑，抵達終點時，仍是一副用盡所有能量的樣子，成績為三分四十二秒加二分鐘，比上回進步。

「五百障礙」真的很累，還好只有跑過兩次，有個經驗就好。

三、刺槍術

「刺槍術」是另外一項累人的體能戰技。練刺槍，說好聽是為了和敵人做肉搏戰時使用，但是以現有的科技，實在想不出出現肉搏戰的機會，班長也告訴過我們，練「刺槍術」最大的目地在表演給長官看。外賓、長官只要看到刺槍的動作整齊劃一，精神飽滿，就會很高興，會認為國軍個個都是英勇剽悍，軍隊都是鋼鐵勁旅。無奈呀，就只為了這些不是理由的原因，我們得用心學習「刺槍術」。

「刺槍術」重在精神，動作要有力道，喊「殺——！」聲音要短捷宏亮。班長會下口令：「原地突刺——刺！」我們就拿槍往前刺，再收回，因為要表現出那股氣勢，所以，手臂要出力，原本一把槍就夠重了，再加上要使出勁來，刺了幾槍，手臂就痠了，當然了，班長不會輕易放過我們，一定要反覆刺刺刺，刺到刺不下去時，才會說：「好，原地休息十秒鐘。」正想將槍放下時，「槍不准碰到地上！」哇！那…那…，正在猶豫時，「停！用槍！」時間到，又開始操練。過了好一陣子，「原地休息三十秒，槍不准碰地！」這次學乖了，不再猶豫，把槍托放在腳背上，讓手臂好好休息一下，準備迎接三十秒後的挑戰。

註：「小蜜蜂」，或為「蜜蜂」。

上野外課通常都有兜售飲料零食的小販在旁邊等候，他們或開車或肩挑扁擔以符合完全機動性質。通常物品價格會貴上許多，但是阿兵哥在無從選擇的情況之下，幾乎是集體蜂擁而上搶購。沒人知道他們是如何掌握部隊行蹤，只知道哪邊有部隊出沒，他們便在哪邊現身，來無影去無蹤，神得很！

能呼吸真好，能活著更好。

毒氣實驗

元月廿六日，經歷一門難忘的課程。

這天早上天氣陰陰的，不用取槍，也沒有到戰鬥教練場操課，雖然大家有些意外，不過都很高興，「今天可以好好的休息一下了！」許多人都這麼想。

全連集合坐在連集合場上，由排副授課。幾位摸魚大王，一坐到地上就把鋼盔壓低，打起瞌睡。

「今天要上的是核生化課程！」排副拉高嗓門，把各種遭核生化武器攻擊的狀況詳述一遍，防毒面具的戴法、夸特消毒器的用法，都做了完整示範。

「各位有沒有看到排副手上這顆膠囊？你們知道這是什麼嗎？」排副拿了一顆土黃色膠囊，和普通的膠囊似乎沒兩樣。

「斯斯啦！斯斯有三種。」某兵喊道。

「各位，這顆膠囊叫做『ＣＳ膠囊』，不要小看它，只要將它燃燒，產生的刺激性氣體會夠你受的。」排副說。

「為了讓你們對核生化有更深刻的認識，待會兒班長們會在中山室燃燒CS膠囊，以班為單位，輪流從前門進入，後門出來。」說完，拿出好幾顆膠囊交由兩位頭戴防毒面具的班長到中山室燃燒。

大家開始緊張了，不曉得毒氣是「毒」到何種程度？據說兩伊戰爭時的毒氣戰，只要吸到毒氣，馬上皮膚潰爛，七孔流血、心神喪失。

第一班先打前鋒，進入中山室，前後門各有一位班長把關，由於門窗皆不透明，我們只聽見中山室內傳來雜亂的奔跑聲，哀嚎聲、班長的訓斥聲此起彼落。幾分鐘之後，後門打開，九位不成人形的弟兄逃出來，眼淚、鼻涕流得滿面，排副叫他們雙手張開，在空地上繞圓圈小跑步，將身上殘留的毒氣散去。

第二、第三班陸續進去，情況都是一樣慘烈，還有人因為受不了而打開窗戶準備爬出來，可是馬上被班長抓回去。聽說，班長會叫你在中山室裡作些動作，讓你多吸幾口毒氣才放你出來，聽得我膽顫心驚。

終於輪到本班了。

當我們走到前門附近，就聞到一股辛辣的氣味，一踏進中山室，眼睛馬上被刺激的氣體燻到睜不開，鼻腔內充滿毒氣，快要窒息。

「繞著中山室跑三圈，快！」班長命令。

每個人在睜不開眼睛的情況下，憑感覺繞著中山室跑，一下子撞到牆壁，一下子又幾個人撞成一團；盲目伸手抓住同伴，不小心就跌倒，跌倒的人又去絆倒別人，場面混亂失控，好像一群被關在籠子裡遭遇溺水的老鼠正在做無謂的掙扎，耳邊盡是痛苦呻吟，心中滿是恐懼慌張，這不正是瀕臨死亡邊緣的滋味嗎？當年被毒氣殺害的猶太人，是否也曾在求生不得求死不能的邊緣掙扎過呢？想到他們死亡後面目猙獰的照片，不是沒有原因的。

三圈還沒跑完，大家受不了，紛紛往後門擠過去，完全搞不清楚正確方位，只能死命地抓住同伴的衣角，偏偏班長守在後門不讓我們出去，生死之門就在眼前，可是感覺卻非常遙遠。

「說出我的名字就可以出去！」班長故意拖延時間。

說出班長的名字，一副狼狽，連跑帶爬逃出中山室，滿臉的鼻涕和眼淚，九個人張開嘴巴大口喘氣，吐著舌頭，口水直流，好像虛脫一樣，面無表情，在空地上繞圈，不知情的人還以為我們遇到鬼，魂魄被攝走了哩！

能呼吸真好，能活著更好，當你經歷生死邊緣，體驗了恐懼、害怕、徬徨無助的滋味，才會真正領悟到生命的可貴。在這堂毒氣課吸了幾口不至於致命的毒氣，與其說是體驗核生化的可怕，不如說是學習珍惜生命的美好吧。

笑料與處罰

學習「快速遺忘」不失為一種適者生存的方法。

電影「報告班長」中，描述軍中生活充滿笑料，許多軍教片也常以摸魚、打混、耍寶做為其賣點。事實上，笑料大都發生在新兵的日子裏，下部隊後一點兒都不好笑。

我第一次覺得好笑的事情發生在入伍後的幾天。那天中午，有個弟兄因為進寢室沒有留神，關紗門發出巨響，隔了幾分鐘，看他站在外面對著紗門喊：「門，對不起！門，對不起！」喊了二十遍。

類似這種處罰常常發生，看久了也就司空見慣，遇到別人被處罰，千萬不可以在旁邊偷笑，否則，班長會認為你有幸災樂禍的心理，順便把你叫去處罰。

一、塞饅頭

為了填飽肚子而被處罰的笑料時常發生。

因為中心規定，新兵除了三餐和水以外，不准吃其它東西，所以三餐自然成了我們的最愛，水果可比平日清涼的飲料，饅頭可比餅乾、麵包，這兩種是大家最喜歡偷偷攜帶回連上的東西，在空閒時間可以拿出來品嚐。

班長知道我們的習性，所以規定：「三餐得在餐廳吃完，吃不完的不准帶回。」當然，為了解饞，許多人還是願意冒險從餐廳走私食物回來。阿海就是一個例子，每次只要看到有多餘的饅頭，就會偷偷帶回去，將它藏在衣服裡或是分成幾塊裝在不同口袋，從外表根本看不出來。

巧的就在那天，他藏了兩塊饅頭回來，到達連集合場時，忽然班長們一聲令下，以迅雷不及掩耳的速度開始一一搜身，查看有無攜帶「違禁品」，結果阿海被搜出兩顆大饅頭，既然這麼愛吃，就讓你一次吃個夠！於是兩顆大饅頭一起塞進他的嘴裡，被罰站在連集合場，樣子非常滑稽，大約站了十分鐘，班長叫他在兩分鐘內將饅頭吃掉，見他吃得狼吞虎嚥。

事後他對我們說：「吃得很爽，若是可以吃，天天被罰塞饅頭我也願意。」

二、共匪帽

每個人的草綠小帽上頭都有一條帽帶，帽帶的作用是什麼呢？我也不曉得，可能只是裝飾用的而已。平日穿戴帽子一定要特別留意，要將它緊緊扣在帽緣，因為它很有可能在你疏忽的時候鬆動而脫離定位。

我就在一個用餐集合時發生這種情況，帽帶未調整至定位，被班長糾正，免不了處罰。

「很好！帽帶不會拉撐，那就給你戴頂『共匪帽』吧！」說完，將我的帽帶拉長，套在下巴，好像幼稚園小女生戴的帽子般，兩邊各附一條繩帶，沿著臉頰到下巴。

為何叫做「共匪帽」呢?顧名思義，因為共匪的帽子都是這個樣子的。

當我看到另一位也被班長罰戴「共匪帽」的弟兄時，忍不住笑出來，因為一個大男生戴著一頂特製的可愛小帽在部隊裡行進，實在太不搭調了。不過，回頭想想自己現在的模樣，一定也是非常爆笑。

用完餐，部隊整隊準備帶回，某位弟兄可能是想到我的共匪帽，笑得很開心，正好被班長看到。

「很好笑是吧!待會兒部隊行進時，你就給我邊走邊笑!」

果然，部隊行進時，不斷從後面傳來「哈哈哈…哈哈哈…哈哈哈…」一個很不自然的笑聲。聽在大夥兒耳中，肚子都憋著一陣搔癢難耐，聽在我的耳裡，更是有一股得意的笑，「哈，活該，誰叫你嘲笑我。」不禁將表情顯露在臉上。

「笑!你還笑!李銘忠，才剛戴過『共匪帽』就忘記了!你牙齒白是吧?是不是想跟他一樣?好，沒問題，我成全你，你也來個邊走邊笑吧!」

頓時臉上一陣青一陣紅，沒辦法，只好學他，兩個人一邊走，一邊「哈哈哈!」，走兩步，「哈哈哈!」，再走兩步，「哈哈哈!」二部重唱，多麼痛苦的笑聲。

「怎麼愈來愈小聲啊?給我笑大聲一點!」班長警告。

「哈哈哈！」

「哈哈哈！」

「什麼？聽不到啦！」班長故意整我們。

「哈哈哈!!」

「哈哈哈!!」

用吼的笑聲真的一點都不好笑。

快要走回連上，「停止吧!停止你們的叫春，笑那什麼聲音？」

雖然糗，但是事後回想起來，還挺有趣，當兵期間，不被處罰倒也可惜。

三、偷吃是「罰」

前面說過，我的掃地區域在廁所，我們那群掃廁所的人，既可摸魚，又享有「崇高」的地位，人人羨慕，但有一次，遇到「摸魚摸到大白鯊」的事情。

那天早晨打掃時間，小何從衣服裡掏出一袋餅乾。

「哇!你怎麼有這個好東西!」一陣驚喜劃過大家的心中。

「昨天會客，偷偷走私的啦!趕快吃，別被別人發現了，快吃!」

於是我們四個便大塊朵頤起來。吃著吃著，班頭好像起了警戒之心。

「我去把風，看班長有沒有來。你們繼續吃。」既然有人把風，我們三人就放心多了。

可是不到一分鐘，一個身影閃進來，定神一看，哇！是班長！

「打掃時間不打掃，給我躲起來吃東西！」接著，班長拿了一個垃圾桶放在三人面前。

「既然這麼貪吃，就給你們三十秒時間，把這一包餅乾通通吃完。計時，開始！」

我們連忙剝開餅乾外的包裝紙，整個嘴巴塞得鼓鼓的，上氣不接下氣，深怕超過三十秒。

忽然，我靈機一動，把手上尚未開封的餅乾順勢丟入垃圾桶，反正桶內都是包裝紙，根本難以分辨，於是我放慢動作，細細咀嚼，與他們狼吞虎嚥的模樣相較起來，覺得自己真是聰明。

全部餅乾都吃完，「停！正好一分鐘，超出三十秒，每個人都給我做三十下伏地挺身！」三十下做完，班長才放我們一馬。

「有夠衰，原本好好的東西，就莫名其妙進到肚子，都還沒沾到味道。」小何抱怨。

我從垃圾桶拾起剛才丟入的幾塊餅乾，分給他們，重新拆封，品嘗美味。

聽我說明剛才的摸魚技巧之後，他們佩服得五體投地。

「不簡單，在班長面前你都敢玩。」

至於幫我們把風的班頭，在我們逼問之下才知道，原來他一出門就遇到班長，馬上溜之大吉以保全身，實在太不講義氣了！

四、能吃是「糗」

新兵時期，只要一提起「吃」，每個人都會眼睛一亮，所以只要有機會，大家都會用盡所有辦法偷溜去福利社，班長抓得很嚴，我們也藏得很隱密，枕頭、棉被、甚至牆壁的縫隙都可能發現零食餅乾。我還有一次也是栽在「吃」上面，只不過不是被罰，而是自作自受。

那天下午，全連幹部都去參加講習，只剩副連長留下來看管我們。許多眼尖的人看到是素有「好好先生」之稱的副連長帶我們刺槍，就開始動歪腦筋，刺槍告一段落，紛紛要求副連長讓我們去投飲料。

副連長太仁慈了，答應讓全連去投飲料，但是限時五分鐘，五分鐘後集合。全連一百多位新兵馬上奔向連上那台唯一的自動販賣機，腳程快的才有機會喝，腳程慢的只能排隊排得遠遠地，乾瞪眼看別人喝。

照情形看來，五分鐘內是輪不到我，和阿毅商量後，趁眾人不注意，偷偷溜到福利社。他買一瓶「雪碧」，我買一罐「泰山豆花」，握著從冰箱拿出來的豆花，冰冰涼涼的，我口水都快流出來。

在福利社走廊，我倆迫不及待想趕快將它解決，趕快回去集合。

古有明訓：「欲速則不達。」一點兒也不錯。

「啵—！」我的拉環居然斷掉了，可惡！當然，我是不會輕言放棄的。

我伸出大拇指，用力將缺少拉環的瓶蓋壓下去。

嘿！成功了！但相對地也付出代價。

太用力了，罐頭裡約有三分之二的豆花溢出來，潑得我滿身都是，不只外套上沾滿碎豆花，連內衣裡都有。非常糟糕！

在旁的阿毅笑得連汽水都噴出來，礙於時間，他把到嘴想嘲笑我的話又吞回去，憋住笑，繼續灌他的汽水。

帶著一身豆花跑回連上，正好趕赴集合。

旁邊的阿海看到我的樣子，假正經地以嘲諷的口氣說：「你是幾百年沒吃東西？雖然大家肚子都很餓，但也沒人像你這麼『厶鬼』，吃東西吃得滿身都是，下次在外面不要說你認識我，好丟臉喔！」

我百口莫辯，偷雞不著蝕把米！

五、忙中有誤

從連上到餐廳的路程，班長規定我們把筷子插在褲子後面右側的口袋，左手拿碗緊貼腰際，以求行進走路間部隊的一致性。

這天早餐，吃著吃著忽然覺得肚子不對勁，有一股巨大的慾望想跑廁所，但就快下餐廳了，於是暫時先忍了下來。

下餐廳，經過洗碗筷、整隊、點名的手續，部隊唱歌答數帶回連上，不過幾公尺的路程卻感覺像是幾十公里，除了步伐要整齊還要強忍肚子的劇痛，該死的團體生活！我一邊行進還一邊盤算待會兒要如何利用短短的幾分鐘上廁所、換上全副武裝然後迎接早上第一堂野外課。

部隊帶回連上了！「三分鐘後所有人全副武裝集合完畢！話說完還剩兩分鐘。解散！」

我一把抓住阿海，「你幫我把鋼盔、S腰帶拿下來，我要去上廁所！碗順便幫我拿回去放定位！」一口氣講完，馬上往廁所飛奔而去。

褲子一脫，稀哩嘩啦…劈哩啪啦…嘩啦啦啦……。

嚐到人生最舒服的事以後，總算鬆了一口氣。但是，好戲還在後頭。

為了趕時間，不得不趕快拉起褲子。

喀！咚…咚！

原本插在褲子後面的筷子就這樣掉了出來，不偏不倚，不歪不斜，一股腦兒，一頭栽進去，筆直地豎在那一灘裡，啊——！

糟糕！我只記得把碗交給阿海，卻忘記還有筷子！怎麼辦？該壯士斷腕，乾脆捨棄這根筷子嗎？但…它畢竟是我吃飯的傢伙啊！

礙於時間急迫，來不及思考最佳對策，當下一手撿起它，另一手拿衛生紙拼命擦拭[註]，擦到排副哨音響起才奪門而出。

中餐，照吃啊，不然還能怎樣？學習「快速遺忘」不失為一種適者生存的方法。

註：因為崎頂常常停水，很多時候都要以「擦拭」代替「沖洗」。

選兵

那我…，呃，只能算是當過家中廚房的主廚。

新兵在中心結訓之後，就是抽籤分發下部隊，除非在「選兵典禮」能夠中選，否則免不了要經歷緊張的抽籤儀式。

早聽許多前輩說過，選兵是改變兵運的方法，不論如何，都要儘量爭取機會。

在某個風和日麗的上午，聽說有好幾個上級單位要來選兵，全連每位弟兄趕忙整理自己的服儀，興致勃勃地來到司令臺，端正而坐，抬頭挺胸，展露出自信滿滿的樣子，個個都希望能獲得幸運之神的眷顧。

不一會兒，臺上出現一名身穿軍便服的長官：「各位同志大家好，我們是從國防部來到貴單位負責選兵的人員，希望各位踴躍爭取機會。好，現在，你具有修車技能的，請到前面來。」馬上有一群人衝到臺前。

「你具有木工專長的，請出列。」

「具有電子專長的，請出來。」

在臺下的我，有著既期待又怕受傷害的心情，原則上抱定「沒有專長沒有關係，先出去再說」的心理。但是他所要求的水電、木工、駕駛、汽修等，我全是門外漢，若是貿然跑出去，鐵定會被踢回來。

等呀等，等待機會上門。

「具有演奏銅管樂器專長的人，請到前面來。」

我遲疑了一下，想起了入伍前去學了一個月的薩克斯風，雖然連最基本要吹出聲音都搞得我臉紅脖子粗，但是，唉，為了前途，還是決定出去碰碰運氣。

在台下集合的約有四十人，一名長官帶領我們到旁邊的空地上。

「現在，你有紋身刺青、有前科者，請回去。」走掉三個人。

「再來，曾經在學校參加過樂隊的人留下，其餘的請回。」又走掉一些人，我硬是厚著臉皮賴著不肯走。

「我向各位說明一下，我們是國防部示範樂隊，預計選出三名最優秀的演奏者，只要你認為自己不夠資格，隨時都可以回去，沒有關係。」當場又走掉五個人。

「我們來做個小測驗。這邊有幾樣銅管樂器，每個人依照你的演奏專長選擇一種，自由吹奏一曲。」

第一位拿起小喇叭，吹起進行曲，雄偉宏亮。

「若要和這些人一起測驗，我必定慘遭淘汰，更何況只錄取三人。」想到這裡，只好偷偷溜回去，繼續等待機會。

後來，出現一項專長，引起我的注意。

「具有烹飪、伙房專長的人員，請到前面。」

「烹飪」這個名詞頓時讓我回想起當兵前天天在家燒飯洗碗的情形，還曾不小心研發出讓家人讚不絕口的獨門炒飯。這麼說的話，我也會烹飪囉！記得補習班的蔡老師告訴過我，他當兵就是擔任伙房人員，才吃得一副白白胖胖的樣子。想到這裡，不禁高興起來，以後三餐一定是好料自己先嚐，兩年內不愁美食佳餚。於是毫不猶豫，馬上拔腿衝向司令台。

台下仍是聚集一堆人，同樣也是由一名長官帶我們到後方空地。

「來，你有刺青、前科的，請回去。」

「再來，曾經在餐廳擔任主廚的留下，其餘的請回去。」

什麼！主廚？就是專門在烹飪的師父嘛，那我…，呃，只能算是…當過家中廚房的主廚。眼看走了一大半的人，而有些人和我一樣，仍是留在原地採觀望姿態。

那位長官看我們幾位仍不願離去，也不急著再開條件，緩緩說道：「想必現在留在原地的，多少都有兩把刷子，在這裡，我將敝單位做個說明，本單位位於谷關，隸屬於空特部隊，各位將來就是待在空特部的餐廳煮飯而已。」

嘿嘿，留著不走是對的，不禁佩服自己有遠見。

「但是呢，」長官繼續說下去，「因為本單位隸屬於空特部隊，所以，每位進來敝單位的人，都必須接受跳傘訓練，只要跳傘滿五次，就可以在廚房一直待到退伍。」聽完最後這番話，讓我臉綠了一半，想起當兵前，朋友對我說過，選兵的兵種什麼都好，就是別到兩棲及空特部隊。想像從高空跳傘的樣子，太可怕了！萬一主傘、副傘都打不開，不就要準備投胎嗎？不行，不能拿自己的生命開玩笑。趁著長官不注意，趕緊溜回來。

一直到中午，都沒有適合我的條件，感到很失望。午休時間，同樣也是沒有選上的阿海對我說：「下午是校訓單位來選兵，把握機會當個校訓預士也不錯。」

我聽了一臉茫然，「『校訓』是什麼意思？禮義廉恥喔？」

「我還忠孝仁愛哩！『校訓』就是到學校受訓啦，我哥說，去那邊就是過著學生生活，每天照時間上下課，算是不錯啦。」聽他這麼說，又使我重燃信心去面對下午的選兵。

下午仍和早上一樣，「我們是後勤學校的選兵人員，具有修護專長的人員請出來。」每個長官都是講這番模式的話，聽在耳裡，心中不免涼了一半。對我這個沒有專長的人，一出去肯定馬上被淘汰出局，唉，枉費我一副好頭腦，今日怎堪慘敗在這場選兵大會上！

當我心灰意冷時，「我是來自台北的陸軍衛勤學校教官，只要你對衛生、醫療方面有興趣的，請到台前。」對我而言，真是個奇蹟，有興趣即可，我當然一馬當先跑出去。

教官帶我們到旁邊的空地上，以營為單位依序坐下，然後填寫自己的資料，包括單位、級職、姓名、畢業肄業學校等等。

「等一下要給各位做個測驗，包括兩個部分：筆試及口試，大家請稍作準備，那麼，現在先休息二十分鐘。」利用這二十分鐘，教官看了每個人的基本資料。二十分鐘後，他開始唸名字，唸到的請回去，一連淘汰十幾人。接下來作筆試測驗。

考卷發下來，幾乎都是一般最基本的醫療保健常識，譬如：「牛奶中含有豐富的鐵、鈣質。對或錯？」

再來口試部分，教官要我們輪流報告，說說自我介紹，簡述想到衛校受訓的目的。結果，從第一位到最後一位，除了自我介紹，所講的都大同小異，進衛校的目的都是為了充實自我，鍛鍊身體、報效國家，其實大家還不都為了能藉由衛校這個管道讓自己在當兵兩年內能快活一點。

口試結束，大家靜靜坐在地上等待成績揭曉，從日正當中等到夕陽西下，冷風一陣陣吹向臉頰，寒意開始攀上心頭。

「謝謝各位參與甄選，初步名單已經出來，不過還要再調閱各位的詳細資料。現在，各位可以離開，若經錄取，會個別通知中選人，謝謝。」

隔兩天，本連負責人事的參一公差小凱告訴我，我的名字已經在衛校錄取名單上，若無意外，即是正式名單。謝天謝地，以後的日子可就輕鬆了！

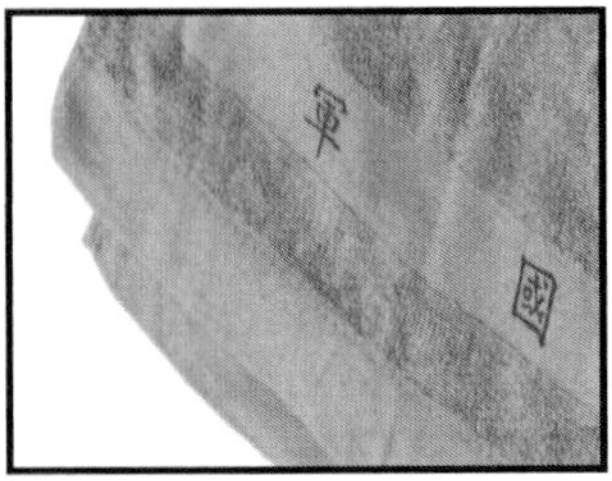
軍
國

貳

度假中心

在這種環境下，我又夫復何求呢？

經過兩個月的新兵生活，連同春節假期，總共休了八天探親假。結訓前幾天，正當營區內人人都在慶賀春節的來臨，除舊佈新，到處可見春聯張貼、彩球高掛之際，我卻因中耳炎病倒了，頭部左半邊一陣又一陣的抽痛，伴隨著發燒，實在沒有心情與大夥兒一同歡樂。

這八天的假期中，除了看病、養病，便是打電話向親朋好友拜年，告訴大家我已經熬過兩個月的新兵生活啦！

◆

二月廿五日晚上收假回營區，除了選兵確定中選的人，其餘弟兄在第二天抽籤決定分發下部隊的單位。

第二天，看他們要去餐廳抽籤時，個個神情凝重。手伸進箱中，再拿出來時，就決定剩下這一年十個月的命運，要在本島還是外島，還是要到更偏僻的小島呢？都靠這張籤決定了。設身處地仔細想一想，確實是為他們捏了一把冷汗。

我們這群中選的人，則在中山室看影片、吃東西，悠哉悠哉地，當兵沒有比現在更輕鬆的了。

抽籤結果，很多人中了外島籤，剩下本島籤的人當中，絕大多數是野戰部隊，註定要被操翻天，看到有幾個人哭得眼睛紅紅的，不禁為他們難過。聽說別的單位，有人抽完籤就發生逃兵，一切只能說命運捉弄人。

當天下午開始飄起小雨，寒風細雨中，全連弟兄穿著雨衣到餐廳吃晚餐，享用這各奔東西前的最後一餐，想起在新訓中心內，一起度過有淚水、有歡笑的時光，兩個月倏然飛逝，彷彿自己演活了一部屬於自己的軍教片。

用過晚餐，班長叫中選「校訓單位」的人把行李打包好，等待集合。

◆

我們這群由校訓單位選中的新兵，於當天晚間十一點多，集合在旅部前的廣場，經帶隊官說明行程、規則之後，便正式告別嘉義崎頂的新訓中心，前往軍旅生涯的下一站。

一行人浩浩蕩蕩來到大林火車站，已是午夜零時許，原本寂靜不起眼的小車站，因為我們的來臨，頓時充斥著小販的叫喊聲，大夥兒高興地跑去買零嘴解饞，附近的商店都因此燈火通明，熱鬧非凡，在這種偏僻的鄉下，實屬難得之景。

約莫一點多鍾，全體人員走上月台等待火車，寒風刺骨的深夜，大家冷得打顫縮成一團，期盼火車趕快來。十分鐘後，見遠處傳來一道強烈的燈光，一列火車就在我們的歡呼聲中加速通過月台，原來是莒光號，不是我們搭乘的普通號慢車。快接近兩點鐘，才見一束燈光從遠處緩緩駛來，帶隊排長叫我們上車後好好睡一覺，預計第二天早上七點鐘才會到達台北火車站。

望著窗外漆黑的夜景一幕幕飛快地消失在腦後，又讓我懷念起新兵生活，那段緊張、刺激、新鮮的日子，確實有點兒捨不得，接下來要到一個完全陌生的環境，重新面對新的人事物，未來究竟會如何，仍是未知數。

半夢半醒之間，感到車上似乎多了好多乘客，看看手錶，已經是清晨六點半，走道上站滿上班族、學生族，我趕緊坐好身，收拾疲態，振作精神。捱了好久，台北車站終於到了。

吃過早餐，攔了計程車直奔位於故宮博物院對面的衛校。下車之後，在我面前的正是久仰大名的故宮博物院，在它對面，是一個大停車場，衛校呢？看不到任何學校的影子。心中正在納悶時，腳步已隨帶隊官走進旁邊一條小巷子，站在一個大門前，門上寫著幾個大字：「陸軍衛生勤務學校」。

走進校內，首先映入眼簾的是一片小小又不規則形狀的草地，四周圍的路面好像好久沒有整修，有許多凹凸不平的地方及碎石頭，再走進去，看到幾棟房舍，感覺也是多年歷史下的古蹟。我們在最裡頭的樓房前停下腳步，接著由兩位掛少尉階級的人前來招呼，帶我們到一間大通鋪去，置妥行李，一切安頓好了才與我們聊天。原本大家看到少尉，都稱呼其為長官，但他們不習慣這種稱呼，告訴我們叫「學長」就好了，因為在學校裡都是一同受訓的，彼此間無管教權。

校內有一些相關的規定，譬如：自治幹部、繞場、站哨、上課作息等等，都和以往新兵生活不一樣。從閒聊當中才知道，大門口進來的那片不規則小草地，就是本校的操場，往後的體能活動、繞場、操課，都離不開它。既然操場這麼小，那學校也不會大到多少囉！

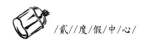

◆

當天下午來了一批從宜蘭金六結結訓的同學；高雄衛武營的在晚間到達。基本事情安排好後，就是選出自治幹部，不知怎麼選的，只知道自己當上福利委員。福委的工作是管理財務方面的事情，訂購東西、採買公物都由福委出去洽公，所以很多人都羨慕我可以經常請公假出去校外。

本校以「隊」來區分，每個「隊」又依梯次或專業科目區分不同班別，每個班設有自治幹部，自治幹部向每個隊的中尉隊長負責，而各隊隊長之上又設有一個少校大隊長。

從學一隊到學四隊中，唯獨學四隊是女生隊伍，自然成為所有男生目光集中的焦點，尤其是對我們這群剛脫離新兵生活的菜鳥而言，覺得學四隊的學姊們彷彿散發著一股致命的吸引力。班上有幾位自命風流的情聖，情書一封一封地寫出去，有無收到回信，就不得而知了。

校區內還有一隻白狗，名叫「波波」，據說是校內唯一據合法身分的狗，學長告訴我們，看到牠要喊：「學姊好！」因為牠在學校裡已經有好幾年了。

人稱衛校是度假中心，原本半信半疑的我，在三個月的時間內，不得不承認這個說法：食衣住行育樂樣樣不缺，下課後可以打球、跑步、彈吉他，做自己想做的事情，雖然規定晚上要到教室晚自習，但也只是去看個新聞罷了。如果這裡有留級制度，我們都情願留級到退伍。

當兵兩年內，最輕鬆的日子、最快樂的回憶就在這裡，既無壓力，室外課又少，有的是個人的時間，這種環境下，我又夫復何求呢？

繞場

我們是男生，一定可以唱得比她們更大聲，獲得長官的稱許。

「繞場」是衛校的一項特別規定，就是每天上午及下午第一節課之前，每個班隊要繞著操場唱歌答數，同時經過大隊長面前向他敬禮。站在大隊長旁邊的還有大隊輔導長、各隊隊長、各隊實習連長。換言之，若是唱不好、走不好，就會在眾多長官面前丟盡顏面，勢必要重新繞場，加強練習，所以每回繞場，每個人無不抖擻精神，放開喉嚨用力地唱。

剛開始，由於缺乏經驗，繞場時總是產生一堆問題，諸如：歌聲太小、步伐不一致、唱歌和行進速度不能配合等等，被罰重繞好幾次，莫可奈何，只好利用下課時間或晚自習全隊帶到操場練習唱歌答數，唱不好就反覆練習，直到有個樣子出現為止。

某次繞場完畢，隊長告訴我們，今天大隊長對本隊的繞場稱讚有佳，所以決定本週的休假時間提早到中午十二點鐘，全部的人無不欣喜若狂。

這個消息傳出去後，各隊為了搏得大隊長的稱讚，無不使出渾身解數，一方面加強步伐的整齊及聲音的宏亮度，一方面熟練多首軍歌，因為每個班隊唱來唱去就是「英雄好漢」、「中國駱駝」、「軍紀歌」，若能使大隊長換個口味，聽聽別首軍歌，被稱讚的機率就會大大提高。

於是，「鐵一般的部隊」、「黃埔軍魂」、「中華大愛」等較「新」的軍歌紛紛出籠，替各隊的繞場增添不少變化。

當這些「新」歌重覆唱了一段時間變成「舊」歌的某一天，忽聞學四隊的學姐們以一首「榮譽在我心」受到全部長官的好評，為此，本隊的實習連長很不服氣，於是利用空閒時間教唱「榮譽在我心」。既然學四隊可以唱這麼好，我們是男生，一定可以唱得比她們更大聲，一定能夠獲得長官的稱許，我們預計第二天繞場唱這首歌，挫挫學四隊的銳氣。

第二天早上，本隊以這首歌作為繞場的歌曲，個個賣力大聲唱，走過長官面前時，只見大隊長面色凝重。

沒得到讚賞，可能是唱得不夠大聲囉！於是，隔天早上再以這首歌作為繞場的歌曲，大夥兒嘶吼狂唱，表現出雄壯威武的軍人氣概，驚天動地。

繞場之後，本隊輔導長小跑步過來跟我們講：「各位同學，以後不要唱這首『榮譽在我心』好嗎？雖然我知道大家都唱得很用力、很用心，但這首歌一向是木蘭軍在唱的。」語畢，所有人恍然大悟，笑彎了腰，頓時感到：真糗！

仔細回想，果真，這首歌的節奏稍微快些，適合走小碎步的木蘭軍。

六大術科

如何把傷患當成人而非物來搬運，才是搬運者最大的學問。

衛校是培訓陸軍醫務人員的地方，若是大學相關科系的預官，受訓後就成為醫官；若是像我們這種高中程度的一般兵，受訓後就成了醫務士。其中，最主要的課程就是學習六大術科——徒手搬運、心肺復甦術、繃帶術、托馬氏鐵架、擔架操及救護車裝卸載，以便下部隊後能教導其他阿兵哥，將所學服務官兵。但是在短短的三個月內，除了要上室內課——藥物學、衛材補給、護理學、領導統御等等之外，想要熟練六大術科幾乎是不可能。說穿了，我們這群沒有醫護基礎的人只不過是去認識一下而已，將來下部隊再各自憑命運造化。

許多同學抱著混日子的態度去面對這六大術科，而我卻認為徒手搬運、心肺復甦術是較實用的技能，反而認真去看待它。下部隊後常常被叫去出公差搬東西，幸好靠徒手搬運法為我省下不少力氣；又如心肺復甦術，下部隊後被指派為「安妮」負責人，操作方法還算熟練。

首次上室外課，教官先教我們一切動作的基礎——「踮步走」及「擔架後集合」。初學的我們一見教官的示範都有一個共同的想法：「這個動作真夠蠢！」開始先呈稍息態，聞「踮步——」，迅速立正，雙手握拳置於兩側腰部，聞「走！」口令，左腳微向前跨出一小步，接著右腳往地上一蹬，左腳向前踢，懸空，腳掌向下壓，右腳打直，然後左腳向前落下跨出約一步，再收右腳，再呈稍息。「擔架後集合」稍微複雜，但也是大同小異。我有個疑問，是不是每種兵科都有屬於自己特殊的動作，譬如：蛙人的蛙人操充滿力與美；憲兵的走路儀態整齊有精神；而衛生兵因為想不出特別的動作，所以才發明這套「踮步走」的步伐？

一、徒手搬運法

教官在教授六種搬運法之前，先將全班兩兩分組，相互練習，若是被分配到同組的人體重相差懸殊，瘦小的人就有的受了。在雙方意識都清楚的狀況下，搬運者只要拍拍傷患的肩，做出扶持的樣子，傷患便自動坐起身來；輕碰傷患的手，傷患就自動將手靠到搬運者的肩膀，所以還算輕鬆。但是，在真實的急救過程裡，傷患很可能是處於昏迷，整個身體癱在地上，如何把幾十公斤的傷患當成人而非物來搬運，才是搬運者最大的學問。

除了「扶持行走法」以外，其餘五種的共通點都是必須用到全身大部分的力氣去負擔另一個人的重量，十分吃力。某次上課秩序不好，教官一方面要懲罰我們，一方面要我們體會醫護人員在搬運時的辛苦，叫所有人輪流背對方跑操場，一圈下來，真是比一個人單獨跑三圈還累！

二、心肺復甦術

所謂「心肺復甦術」就是「ＣＰＲ」，綜合了人工呼吸與心臟按摩，是現代人必備的急救常識，或許你即時的急救，可以挽回一個呼吸心跳停止的人呢！

當全班第一回踏進心肺復甦術教室，都對躺在地上的十多具假人模型充滿好奇，尤其這些假人又都是女性模型，有人竟然興奮的大笑起來。教官告訴我們，這些假人的名字叫做「安妮」，要我們好好愛護「她」，不要亂玩，因為她承受不起不當操作，損壞率很高。

心肺復甦術的步驟如下：

A　暢通氣道

一、檢查有無意識

二、呼叫救護車

三、清除口腔異物

B　重建呼吸

一、檢查有無呼吸

二、緩吹兩口氣（壓額抬顎）

C　重建循環

一、檢查有無脈搏

二、心外按摩（壓十五下，吹二下）

照著步驟完成一個循環後，每個安妮的電子儀器上會顯示出你的操作方法正確與否、吹氣是太用力還是太輕、心外按摩的力氣過大或過小等等。

當實際操作安妮，實施口對口人工呼吸時，感覺仍不太自然，其實心中想著是在急救傷患，也就不覺得怎麼樣了。

三、繃帶術

繃帶術包括了三角巾與彈性繃帶，雖然它的包紮方法至今我已忘了一大半，不過，我一直覺得它是一門很實用的技術，電視上男女主角愛慕之情的開始，不通常也是藉由手巾絲絹幫對方包紮傷口產生的嗎？

三角巾的頭部包紮法很有意思，整個頭部包紮起來就像一個阿拉伯人。至於彈性繃帶，看教官示範真不是蓋的，一捆繃帶在手，從左腕出發，左三圈，右三圈，上上下下來回環繞，不一會兒工夫就包紮完畢，繃帶重疊處緊密地壓在一起，五根手指都均勻被繃帶覆蓋住，絲毫沒有空隙，兼具美觀與實用，繃帶術的最高境界本當如此，可惜教官在一節課示範二十多種方法，沒有太多時間讓我們練習，至於會不會，孰不熟練，就全靠自己多加努力囉！

四、其它

托馬氏鐵架、擔架操、救護車裝卸載，這三種玩意兒比較無聊，表演性質居多。

托馬氏鐵架是當一位傷患大腿受傷時，把他的腿固定並支撐在擔架上的方法，要求迅速、包紮美觀、各救護兵之間的配合要有默契。

擔架操的訓練重點在於取放擔架的方法，抬傷患的救護兵轉變方向行走得在一定的步數內轉換完畢才算合格。

救護車裝卸載則是將傷患連同擔架送上騂馬型救護車的方法。騂馬型救護車一次可載運四人，比一般白色救護車一次載一人經濟多了，整個過程很繁瑣，要熟練才能做得漂亮。

其中，最冤枉的是擔架操，由於台北多雨天，偏偏擔架操的課程都遇到下雨天，教官連示範的機會都沒有，難怪在最後一節課他語重心長地說：「天公不做美，每次都下雨，你們下部隊後自求多福吧！」也因此，我下部隊後由於不懂擔架操，被譏笑：「一個醫務士連擔架操都不會，在衛校都在混是吧！」我被罵得莫名其妙，但無從辯解，只得默默承受。

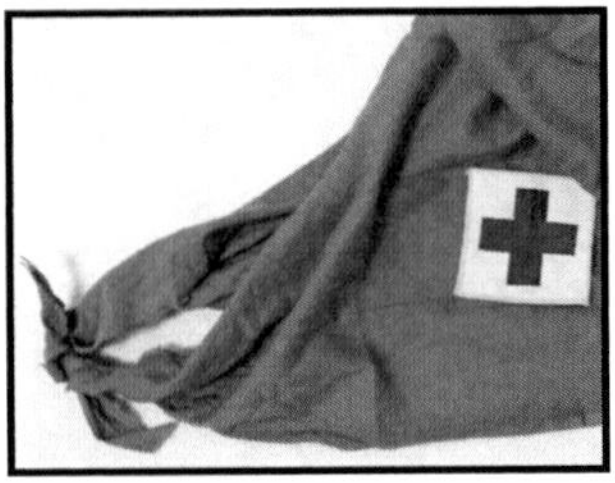

注射法

一號同學最倒楣，除了讓教官做示範外，還要被二號同學練習。

「注射法」是一門令人心驚膽跳的課程，小時候最怕打針得我，今日居然有機會親自操針；以前最怕看護士將針扎進肉裡的那一瞬間，今天也非得張大眼睛去看不可。

總共要學習肌肉注射和靜脈注射，教官要我們兩兩互打維他命C，在肌肉注射方面，為了安全起見，教官決定施打的部位在肉最多的地方——臀部。

因為是女教官，班上幾位活寶故意假裝古意，「教官，我們不敢在你面前脫褲子，怕你會害羞。」

「別笨了，我又不是沒看過，早就已經看到不想看了，怎麼會害羞？」教官一副若無其事的樣子，不愧是女中豪傑。

一號同學最倒楣，除了讓教官做示範外，還要被二號同學練習，哀嚎了兩次。教官說：「針插進去要快、狠、準，不能手軟，還有，臀部有神經經過，所以要打在外側，避免傷到神經。」就像射飛鏢一樣，「唧！」地一聲，瞬間扎進去，真可怕！

接著，大家輪流練習。被練習的人走到講台前面，拉下褲子，趴在桌上準備受刑，施打的人則慎重地拿起針筒，用力戳下去，一聲慘叫——，成也好，敗也好，所有過程都在短短幾秒內完成，連讓你思考該擠出怎樣悲慘的表情的時間都沒有。

輪到我施打時，手持針筒，鼓起勇氣，如同射飛鏢似地，對準目標，發射！針像一把飛箭，毫不留情整枝沒入體內，「糟糕！插得太深了，對不起。」心裡暗自抱歉，只好試著把針抽出一些些。哇！差一點就把整枝針都抽出來！原來屁股脂肪這麼多、這麼滑，只用一點力就可來去自如。

換我當試驗品時，先深呼吸，把聲音卡在喉嚨，準備等一下可以大聲叫出。咦？打完了？怎麼一點兒感覺都沒有？

其實肌肉注射比較不痛，所以小孩子才都打屁股，會害怕哭喊主要是心理因素居多。

下部隊後，我仍舊不喜歡替別人打針，拿針刺別人時，就好像刺到自己的心窩，不好受。

休閒與休假

垃圾場是用來檢查的，不是用來放垃圾的。

一、休閒

一天的課程之後就是休閒時間，打打球、跑步、籃球比賽、上福利社等都可以。

某天，我在儲藏室發現兩把吉他，從此，我大半的空閒時間就與吉他為伍，以不太高明的程度彈弄吉他，讓許多同學抱以羨慕的眼光，進而有幾位同學要求我教他們彈吉他，短短幾天內，整個隊上瀰漫著一股吉他風，不時可以看見同學在搶吉他練習，彈著五音不全的和絃，填補這段空虛的時光。後來我又帶來口琴，一些對吉他死心的人轉而向我學習口琴，不久，口琴風又流行起來。我一直相信音樂是美好的事，喜歡音樂對一個人有正面的影響，這些事或許是我對這個隊上微薄的貢獻吧！

另外，如果遇到上級有任務派遣，那麼，就得犧牲眾人的休閒時間了，通常不外是打掃環境之類的事，但有時候會遇到一些莫名其妙的工作。某天接到「明日有高級長官前來視察督導」的消息，在全體大掃除完畢，總值星官前來檢查，居然指示我們把垃圾場的垃圾清空，保持垃圾場的整齊清潔。大夥兒只好找一間儲藏室，把所有垃圾一包包塞進去，等明天大官走了再搬回原處。這會兒讓我明白一件事：垃圾場是用來檢查的，不是用來放垃圾的。又有一次要打掃宿舍，分配到最後剩下我和一名同學，找不到事情讓我們做，便拿出七十幾把鑰匙，要我們找出整棟宿舍三十扇門正確的鑰匙。

光是旋轉鑰匙這個動作，就做到手指發痛，這是我所做過最奇特的打掃工作了。

二、休假

衛校之所以被稱之為天堂，其中一項原因是休假正常。每到週末，所有人就滿懷欣喜準備休假。對了！那時正值第一次總統大選、春假連續假期，難怪常常在放假。說起總統大選，聽說所有國軍都全面加強戰備，唯獨我們仍悠哉地享受「課照上，假照放」的福利，一點都不緊張。

其實，我覺得在衛校就是一種度假，所以倒不會像其他同學一樣，拼命爭取週六中午的假期。有一位住中部的同學，對每項公差勤務都極熱心參與，為的只是想爭取提早放假，早一點回去看女朋友。對他而言，這股動力是像我這種沒有女友的人所欠缺，也無法體會的。

有特殊懿行者也有放榮譽假的機會。記得有次校內有捐血活動，為了鼓勵捐血，校方宣佈：只要捐血的人就可以放一天榮譽假，只見下課時間，捐血車外大排長龍，那也是我第一次嚐試去捐血。捐血不但是公益，還可以得知自己的肝功能狀況，當收到檢驗單上印滿「正常」的章，就可以放心自己的健康狀況。有些肝炎患者，想捐還不行哩！所以說，能捐血是一種福氣！

結訓餐會

面對即將來臨不可知的未來，心裡既期待又憂心。

每個梯次結訓之前，都可以辦一場結訓餐會，由校外的商家煮好豐富佳餚美食送進校內。

餐會中，每位同學互相祝福，互道離別，離情依依的神情全部寫在臉上，說真的，衛校給予學員們的空間很大，同學們和教官們的相處也不錯，在軍中這個「專制」的體制之下，衛校可以稱得上是一個「自由」的地方，我何其有幸，再這裡學習了三個月！

晚上就寢後，大部份的人都還沒有倦意，陪著隊長聊天，聊了一個多小時，之後又有幾個同學跑到我們寢室敘舊。

「阿忠啊，你下部隊被分配到哪個單位？」阿偉問。

「成功嶺呀。」

「哇！離家近，又是新訓師，爽斃了！我大專暑訓就曾去過成功嶺，成功嶺非常大喔，用走的都走不完，真得很大！……不過，嘿嘿，成功嶺的鬼故事也特別多。」

「會比衛校多嗎？」

「當然啦！成功嶺這麼大，事故也多。以前大專暑訓就有一個剛考上台大的學生死在成功嶺。還有，千萬不要去使用西側廁所，否則，後果自行負責。啊！反正那種事情很玄，講也講不清，到時候你親自去體驗就知道了。」

這時寢室沒有點燈，氣氛令人發毛，一旦聊到這個話題，便欲罷不止。

「聽說很久以前有一群大學生在外雙溪烤肉，結果上游下雨，洪水一來，躲避不及，便全部溺斃。聽說就葬在學校後面附近，後來學校後面油庫傳出不太安寧，有位老士官長便住進油庫旁邊的小屋子，從此才沒有再傳出事情。」這事不知道是真的還是假的，聽了總覺得毛骨悚然。

我們的哨點有兩處，一個在宿舍大樓的門口，一個在離宿舍十多公尺處，也就是在油庫前方，這個地方一到深夜，伸手不見五指，眼前一片漆黑，只能見到遠處朦朦朧朧的高山，的確有點兒可怕，想到這裡，暗自慶幸自己站哨沒出過問題。

「上次阿哲站油庫前的夜哨，忽然感覺到被人丟石頭，回頭看，沒有人。過不久，又被丟更大的石頭，他嚇得跑回寢室，不敢再站哨。」阿偉說。阿偉就住在阿哲的隔壁寢室。

原本要談談這段日子的回憶及未來的展望，卻扯到這個鬼話題上。

「成功嶺」，這個從小久仰大名的陸軍聖地，再過幾天就要正式登嶺，一探它的風貌。光看「成功嶺」三個字，就讓人有神采飛揚、凌雲壯志的氣魄，好像是男人就應該走一回不然就虛度此生似的，到底下部隊後會發生什麼事？究竟，成功嶺是否真像「成功嶺之歌」的歌詞所描述的這麼震撼人心？面對即將來臨不可知的未來，心裡既期待又憂心。

參

上成功嶺 邁向成功之路？

一直到下部隊，我才真正體驗軍中生活。

一直到下部隊，我才真正體驗軍中生活。

軍中的黑暗、虛偽，壓力之大，是我從來沒有遇過的，許多難題接踵而來，沒有人會幫你，沒有辦法躲避，一切只有靠自己去解決，摸索出生存之道。

面對陌生的環境、陌生的人、事、物，必須在短短的時間內完全熟悉，才能跟得上部隊的運作，稱得上是一項意志與耐力的考驗。

九月份正式升為下士，擔任班長的職務，緊接著又接下醫防文書這項沉重的業務，服役的時間幾乎都耗在這兩個工作上，可以說是磨練，但更貼切的說法是折磨，精神上的壓力比身體上的壓力更大，雖然說最後總算是熬過來，但也遍體鱗傷了。

下部隊後，菜鳥與老鳥的界線非常分明，梯次的大小成了尊卑的依據，階級的高低決定了是非的判定，爭權奪利的事層出不窮，軍中生活就好比是專制社會，由不得你喜歡或討厭，不過，軍人身分特殊，任務特殊，這也是沒辦法的事。

人性的黑暗面在平時都隱藏在社會的規範之下，但是在軍中——似乎只有這個特殊的環境能將每個人醜惡的本質激發出來。道德仁義，只是隨便說說。

退伍的時候，回憶過去，發覺失去的比得到的多，深感無奈。

這是個虛偽造假的大本營，但是在政戰系統的強勢宣傳下，所呈現的儘都是長官愛護部署，袍澤互敬互愛的鏡頭。

找路

報到的第一天，老天爺就出了這樣的難題來考驗我。

趁著三天的結訓假，我到成功大學找同學遊玩一番，舒解心情。之後回來打包行李，準備前往嚮往已久的成功嶺報到。

在我的計劃裡，打算先搭火車到成功車站，再叫計程車坐到成功嶺，規定的報到時間是下午四點鐘，逾時可是會被處罰的。

大約一點半從家中出發，下車後已接近兩點鐘，在快到成功車站之前的高速公路邊有「成功嶺」三個大字，並且可以看到一整座黃土山矗立在不遠的前方，我想，那座黃土山八成就是成功嶺了，既然目的地就明顯地出現在眼前，不過幾步路的距離，我又何必坐計程車白白浪費錢呢？只要篤信「雙腳萬能」，朝那座山走過去便能抵達。

我也不知道是走到哪條路，只覺得路彎彎曲曲有如迷宮，穿過山洞，來到高速公路的另一邊，愈走愈不對勁，彷彿路愈來愈小，山愈來愈遠，兩旁住戶愈來愈少，在這五月底大熱天的午後，似乎所有人都在午睡，路上沒有半點人影，想找個人問路都不行，最後決定走回原來的大馬路比較保險。來回走這一趟，花了我將近四十分鐘。

重回大馬路上，攔了一部計程車往成功嶺。

「少年仔，要往成功嶺幾號門？」運將問。

「呃…都可以啦，成功嶺就好了。」幾號門？我怎麼曉得？

不到三分鐘，車子已到成功嶺某個門口。

我走到大門口，很有禮貌地向門前的衛哨行禮，說明自己的身份與來意，並拿出報到令請他讓我進去營區。

「你報到的地方是二師，我們這裡是一師，你走錯地方了。」衛哨說。

「不好意思，那麼，請問二師要往哪邊走？」

「你往這條路一直走，一直走，然後會遇到紅綠燈再右轉走一段路，還有一段距離啦。」衛哨好心地告訴我。

謝過衛哨，往他指示的路走去。走了很久，走到滿頭大汗，仍不見紅綠燈的蹤影，道路小小窄窄的，沿稻田而築，已經三點多了，仍在這個不知名的地方打轉，我開始著急起來，沒辦法，只好採取備用計劃。

衛校結訓前，教官給了每個人報到單位的電話，現在正好可以派上用場，打電話到裡面問路，應該行得通。

這是一個好方法，但是，電話呢？沿路上根本沒有公用電話，路邊的住家也都鐵門深鎖，不知是出門工作還是在家休息？在前途茫茫又不可能往回走的情況下，只能繼續勇往直前，尋找住家與電話，豆大的汗水一滴滴灑落。

不知走了多久，終於，眼睛一亮，前面出現一座廟——「建興宮」，不管是供奉什麼神明的，反正有廟就會有人，有人就會有電話，趕緊進去廟裡借電話。

廟裡頭有幾位中年婦女在聊天泡茶，我說明我的目的，開口向她們借電話。

「嘟！嘟！嘟！嘟！嘟！」電話忙線中，打了好幾次都是相同的情形，莫非是號碼有誤？急得我像熱鍋上的螞蟻。

那幾位婦人看我一臉匆忙，好奇地問我從哪邊來，打電話結果如何，我趁機請教他們二師要如何走。

「哦，原來是要去報到喔，二師嘛，對了，她正好要去二師，叫她順便載你去就好了。」其中一位指著另一位說道。

看看手錶，已經三點四十分了，不便再推辭，只有謝過她們，趕緊坐上那位大嬸的機車直達營區。

三點五十分，車子準時到達營區門口，謝過大嬸，連忙奔向大門。千鈞一髮，差一點就逾時，幸虧來到建興宮，冥冥之中得到神明指引，遇到這群好心的大嬸們即時伸出援手，才有驚無險地順利報到。

我永遠記得這座廟，爾後有機會經過，總是不由得會想起當時的情形。

報到的第一天，老天爺就出了這樣的難題來考驗我，雖然克服了，但這只是個開始，未來的苦日子已經在前方向我招手，而我，無法逃避，正一步一步向它走去。

遊戲規則（上）

當你還是菜鳥時就多做一點，多吃點苦總不會錯的。

剛通過門口衛兵，來到師部參一科辦理報到手續，接著有人帶我到一棟營舍，「今天你就先待在營部，改天再分發到衛生連。」

營部人數不多，看到有人在做事，我就過去幫忙，在幫忙之中，認識了一位昨天剛下部隊的弟兄，將來預備分發至營部對面的主支連，同時也認識了兩位在打飯菜、洗餐盤的學長。

工作之餘，學長會教我們一些事情，譬如：「看到學長們在做事情要主動過去幫忙，不要閒閒站在一旁。」「當你還是菜鳥時就多做一點，多吃點苦總不會錯的。」尤其是張學長，他也是在衛校受訓過的預士，曾在衛生連待過，後來因為身體有疾病，不能適應連上生活，所以被調到營部支援，基於這個因素，他對我總是多了一份照顧。

「學長，你要支援到什麼時候？」

「不知道。不過最好是久一點，反正我也不想回連上了。營部是個天堂，做些雜事就行，下連隊就不一樣了。」

他指指對面的主支連，「你看，地獄就在那裡！」

「學長，那麼衛生連如何？會不會很操？」

「衛生連，噢，不會啦！全師最爽的單位就是衛生連了。不過，菜鳥總是會比較辛苦一些，反正，熬過去就算了，當兵不過是兩年！」張學長露出微微苦笑。

「那，衛生連有什麼規定要注意呢？」

「最基本的要有禮貌，學長們叫你做事，你就趕快做，千萬別推託。」張學長說道。

「目前連上只有兩位班長和一位預士，士官人數明顯不足，所以順利的話，你應該在短期內就可以升士官。」

「那兩位班長，一位姓柯，另一位姓江，都很嚴格，江班長人比較好，比較講理，至於柯班長，最好不要得罪他。」

雖然學長說了這麼多，我仍是似懂非懂，畢竟，如人飲水，冷暖自知，除了禱告外，只有等待了。誰也沒有料想到，張學長口中的江班長，竟然左右著我以後的日子。

站在營部二樓往遠處眺望，隱約可以看到山腳下。營區附近是一所學校，不時從那邊傳來舒伯特‧聖母頌音樂的鐘聲，傍晚的微風，落日餘霞交相揮映，景色很美，可惜身在軍中。

隔天晚上，營長正式批准，叫我下部隊到衛生連。

遊戲規則（下）

天亮了，所有的壓力、煩惱都變得無所遁形，學長們的嘴臉令我不知所措。

一

大約在晚上八點鐘來到衛生連，換過服裝後馬上有一位學長帶我到連集合場，「我現在教你部隊集合時的出入列動作，教過你，就馬上給我學起來，等一下晚點名如果要用到，就不要給我出錯！」

晚點名時，學長們叫我站在隊伍最前面的位置。

連長的個子不高，但講起話來鏗鏘有力，很有威嚴。最後輪到值星柯班長交待事情，柯班長皮膚黝黑，說起話來聲音不大，整個神態表情像極了黑道大哥。

班長說：「今天連上剛來一位新進弟兄——。」

這時身後立刻傳來許多學長的聲音。

「班長叫你，你是不會回答啊！」

「才剛來就這麼屌，以後會讓你很好看！」

窒息的感覺盤繞在胸口。

班長繼續說道：「你叫什麼名字？」

「李銘忠。」我略帶顫抖。

身後的學長們又開始議論。

「沒吃飯啊，聲音這麼小！」

「再白目看看嘛！」

柯班長說：「告訴你，以後凡是跟階級比你大的長官說話，要加上『報告』兩個字！跟你講過的事就記起來，下次弄錯，哼！就準備接受處罰！」

緊張的晚點名之後，洗個澡，十點鐘就寢，寢室內點著一盞昏暗的小黃燈，學長們或坐或臥在床上，一人一句地告訴我：「菜鳥，就認份一點，趕快把該學的學會，才能夠適應生活。」

「平常看到連上哪邊髒就主動清掃乾淨，不要等學長們開口。」

「我跟你講，在衛生連最重要的就是服儀與禮貌，見到學長、班長、醫官、主官管都要敬禮問好；衣服及褲子都要燙線，不能有皺紋；皮鞋要亮，你會不會擦皮鞋？亮不亮？」

「會，擦得很亮。」

我想起剛要到成功嶺之前曾仔細地擦過皮鞋，便很有自信地將皮鞋拿出來給學長看。

「有沒有搞錯？這樣叫亮？不要笑死人好不好？你看我的，這樣才合乎標準。」說完拿出他的皮鞋出來。

雖然寢室的光線昏暗不明，但是學長的皮鞋閃閃發光，宛如一面鏡子，清晰地反射出小黃燈的光線及燈泡的影像，甚至連燈泡上的正字標記都清清楚楚地映在鞋面上，看得我目瞪口呆。

接著，柯班長過來告訴我關於內務櫃、床下內務、棉被、軍毯的要求標準，最後附帶一句：「內務若是整不好，不論任何時間，只要被我看到，就整個翻掉，重新整理！從明天開始，給你三天的適應期，三天過後就不會對你客氣！」

這時，寢室走進一個人，在值星班長耳邊說了幾句話後，「李銘忠，皮鞋拿著，跟我來！」這個人是江班長。

我手拎著皮鞋離開寢室，跟他走進一間小辦公室，辦公室外有一塊小招牌：「醫防組」，房間裡有幾張桌子、電腦及一盞檯燈。

江班長看起來比較和善，說起話來口氣平和，但嚴肅的表情仍令我神經緊繃，深怕一舉一動又成了被找麻煩的起因。

「我現在教你擦皮鞋，棉花先沾水……。」邊說邊示範。

「你暫時先在這邊擦皮鞋！」說完，點起一根菸，兀自打起電腦。

「李銘忠，你是一般兵還是大專兵?」他一邊打電腦一邊問我。

「報告班長，我是一般兵。」

「哪個學校畢業的？」

「報告班長，臺中一中。」

江班長微微點頭，好像若有所思。

「順利的話，你應該三個月後就能升下士，因為連上目前正好缺士官，連上還有一位胖預士，今天正好休假，所以你沒見到他，他會比你早一個月升下士。」

「你以後是要當班長的人，連上長官對你一定會比較嚴格，所以一切都要自我要求，不然以後怎麼帶領部隊？」

接著，他把部隊作息時間說一遍讓我明白。

「看你還有什麼不了解的地方，可以問我。」

「報告班長，連上對體能的要求嚴不嚴格？」我試探性問一下。

「還好啦！有時候在晚點名會做伏地挺身或開合跳，大概做個三十下至五十下，因為連上每個人的體能都不是很好。」我鬆了一口氣。

手持皮鞋努力擦著，鞋面映照出來仍是一團模糊的光圈，不知道擦了多久，視線漸漸模糊，眼皮慢慢加重。

「馬的，李銘忠，擦皮鞋擦到睡著啦！好啦好啦，去睡覺去睡覺！」

我拖著沉重的步伐回到寢室，躺在床上聽到四周圍學長們熟睡的鼾聲，心情忽然忐忑不安，一股悲傷湧現心頭。

「每個人對我都好像不友善，情緒該從何舒解？」想起家人、朋友、衛校的同學。望著天花板上獨自旋轉的電扇，眼眶不覺濕潤起來。

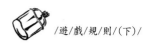

二

「部隊起床！」

天亮了，突然一陣莫名的恐懼佔滿心頭，所有的壓力、煩惱都變得無所遁形，班長與學長們的嘴臉令我不知所措。

顧不了這麼多，快快起身，換好服裝，急忙往連集合場走去，免得被挑剔動作太慢。

才剛要踏出門口，「李銘忠！桌上有垃圾，你是沒看到？不會主動拿去倒掉？」一個不客氣的聲音從我背後傳來。

「報告學長，是。」我嚇得趕快把桌上垃圾處理乾淨。

早點名後，班長叫阿立學長帶我去伙房打飯菜，我們推著餐車往伙房方向走去。

「生活很緊張對吧？這很正常，每個剛下部隊的菜鳥都是這個樣子的，連上都是老鳥盯中鳥，中鳥盯菜鳥，菜鳥做不好，中鳥會被牽累，所以啊，你要表現好一點，不要害到我。」

「唉！那些老鳥以前也是被他們學長盯得死死的，一代傳一代，撐過去就好了，反正當兵什麼都是假的，兩年後又是一條好漢！」

到了廚房，餐車停放在路邊，「餐車一停下來你就要馬上去拿餐桶，知不知道？不能勞動學長拿餐桶，否則你又會被飆一頓！」

盛滿飯菜，拖著餐車回連上，將每個人的餐盤擺出來，再把飯菜平均分到每個餐盤上。

世事難料，又有事情發生了。

當用餐至一半時，「今天是誰打餐盤的？」排長大聲吼著。

我和阿立學長舉手站起來。

「為什麼蔡醫官的餐盤少打一樣菜？」

我們兩人雙手貼緊褲縫，站得直直的，不敢說話。

用完早餐，我們被班長及一群老鳥叫過去。

「吳自立，你來到連上多久了？」

「報告班長，快半年了！」

「快半年，連打餐盤都不會？有了學弟也不會教，還要我們下來教是不是？好，沒關係，等我們下來教，你們的日子就難過！」

「今天去餐廳打個飯菜，混了這麼久才回來，在那邊偷懶摸魚，以為我們不知道？馬的，有了學弟就可以享福了是不是？」

「吳自立，反正你已經黑掉了，沒關係，既然嫌休假太多，不怕禁足就儘量來嘛！」班長、學長們你一言我一語，罵得阿立學長狗血淋頭，我站在一旁，心裡又害怕又慚愧，餐盤打錯，我也有責任。

後來，阿立學長被罰中午全副武裝罰站，我因為尚有三天適應期的保護，免於被處罰，但心中仍是有點過意不去。

三

早上第一節下課，一位學長拿了一張「守則表」給我，上頭包括了衛兵一般守則、二號哨守則、安官守則、用槍時機、用槍要領等等，正反兩面滿滿都是。

「這些守則拿去背，要一字不漏地背起來，三天後的晚點名班長會抽問，你必須要背得很流暢才行。」看著那些雜亂的文字，不由得傻了眼。

「這麼多，三天後要一字不漏地在晚點名時背出來？怎麼可能？」心想，「反正，事情來了，躲也躲不掉，盡了人事，其餘只有聽天命了！」

但是，一整天下來，像個小媳婦來到大家庭，舉凡掃廁所、打飯菜、洗餐盤、倒垃圾、除草等工作都要我去做，一有休息時間又得急忙幫有業務的學長做事。唯一的空檔只有午休時間。吃完飯，忙完該忙的，趁所有人呼呼大睡之餘，獨自坐在中山室裡背守則，由於太累了，背到自己何時倒在桌上也不知道。

這三天，生活被工作排得滿滿的，絲毫沒有喘息的機會，頂著大熱天，汗如雨下，連口渴也不敢去投飲料喝，因為怕被學長看到：「我們都沒有喝飲料，你一個人喝得這麼爽！」除了三餐多喝一點湯，也只能喝連上的熱開水了，這種天氣喝熱水，愈喝愈熱；再不然，更慘一點是趁洗澡或刷牙時吞幾口自來水。

可能有人會說：「為何不上福利社買飲料？有什麼關係？」一方面不敢光明正大去買東

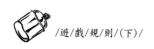

西，一方面是自己的工作永遠做不完。

看到光禹《在勇氣邊緣》中寫到：「人除非是親自去嘗試，否則是沒有辦法真正去體會到別人所承受的苦痛和磨難的，尤其當自己處於順境，『無事一身輕』的時候。」

後來，當我成為老鳥時，和同時期下部隊的弟兄聊起往事，每個人或多或少都曾有過因口渴喝自來水的經驗。

四

三天之後，連上又來了三位新進弟兄——阿成、小黃及康仔。他們的遭遇跟我差不多。連上的雜事幾乎由我們四個人包辦，雖然時常遭到學長們的斥責，但是當四個人在一起，互相吐露不滿，傾訴心事，便覺得舒坦多了。那是一個最辛苦也是最甘甜的日子。

這天的晚點名，我被抽問守則，原本緊張的心情加上學長在後面鼓譟，背得結結巴巴，漏了許多字句。

「背不熟嘛！看你這幾天閒閒的也沒做到什麼事，背成這個樣子！罰你抄寫守則三十遍，明天中午以前交給我。明天抽背再不會，就罰寫五十次！」我一整天工作排得滿滿的，竟被說成是閒閒沒做事，滿腹委屈，眼淚只有往肚裡吞。

晚上十點後，我們四隻菜鳥被江班長叫到醫防組擦皮鞋。

「有機會就努力擦皮鞋，否則，光是皮鞋就可以整死你們。」江班長好心地告誡我們。

他打了幾分鐘電腦就離開醫防組，小小的辦公室裡只剩四個人在擦皮鞋，他們三人邊擦邊抱怨，我顧不了那麼多，趕緊拿出紙筆開始罰寫。不趁現在寫，哪有時間寫?字體又小又潦草，寫得連自己都看不懂。

大約凌晨一點多，在江班長回來之前，我終於罰寫完畢，眼睛乾澀，看他們三人已經癱在一旁，我拿起鞋子抹了幾下。

「好了，不要再撐了，去睡覺吧!」江班長一邊開啟電腦一邊說。

四個人謝過班長回到寢室。

「這種日子，天天難過，天天過，過久就會習慣。」

五

又過幾天，大概是學長看我們皮鞋毫無起色，就寢後，學長叫四個人站在寢室小黃燈前擦皮鞋，擦到合乎標準才能去睡覺。

「我待會兒站兩點到四點的哨，就在外頭，擦好後拿出來讓我檢查。」某位學長說。

擦了很久，皮鞋不亮就是不亮，為什麼會這樣呢?因為我們只有一雙皮鞋，工作、除草、打掃都穿這一雙，鞋面佈滿刮痕，凹凹凸凸，當然擦不亮囉，而學長們每人至少有兩雙鞋，一雙稱之為「工作鞋」，平常穿著工作;另一雙稱之為「莒光鞋」，專門在檢查服儀時候才穿的。

這次擦皮鞋擦得最久，一直到三點半後才去睡覺。

但是，在發生一件大事之後，我們再也不用在半夜擦皮鞋了。

守則呢？幾乎是天天背，天天罰寫，三十遍、五十遍、一百遍，連本帶利，愈罰愈多。除了守則，還要學習唱軍歌，許多從未聽過的歌，學長們頂多唱個兩、三次給我們聽，若還不會唱就罰寫，幸好我略有一點音感，記下音符寫成簡譜練習，學唱軍歌還不至於太難。

精神負擔極大的情況下，經過幾天的蘊釀，終於有大事要爆發了！

申訴事件（上）

小黃燈把氣氛染得有點凝重，頗有風雨欲來之勢。

這場風暴來得突然，我們四人都身陷其中，其威力更是傷及全連，甚至全營。

六月六日這天晚點名，班長宣佈明天將派人到軍團領取一批槍械，而負責押槍的人除了軍械士，還有幾位資淺弟兄，其中當然免不了有我們四隻菜鳥。接下來再度抽背守則，這次，我中了「罰寫一百次」的大獎，他們三人也好不到哪裡去。

入夜後，當我盥洗完畢，忽然聽到阿成喊我：「班長叫你回寢室，快點！」我連忙跑回去。只見小小的寢室裡站了一排人，包括我們四人在內共有七位中、菜鳥。小黃燈把氣氛染得有點凝重，頗有風雨欲來之勢。

較弱勢的學長早已安靜躺在床上準備看戲，柯班長和兩位較強勢的學長或坐或臥，或打赤膊或只著內衣在床上吃著泡麵。

「你們七個，全部給我立正站好！」學長大喝。

「叫你們站好，不爽嗎？雙腳夾緊、雙手貼緊褲縫、縮小腹、縮下顎、兩眼平視正前方，保持立正姿勢，不會嗎？」我們七個人站得挺挺的，一動也不敢動。

「奇怪！還有人不會立正，手是不會貼緊啊？」一位有紋身的學長說畢，便下來用力撥弄我們的手，測試有否真正貼緊褲縫。

「吳自立，你幹麻用那種眼神看我？不爽是不是？」

「…。」

「班長問你話，你是不會回答哩！耍大牌哦！你是看不起我嗎？有種你就承認啊！」

「報告班長，不是！」阿立學長大聲地回答。

「吳自立，你來連上多久了？」

「報告學長，六個月！」

「很好，六個月了，都老了嘛。學弟們搞成這樣子都不會教，皮鞋擦得不像樣，衣服也不會燙線，還給我燙分岔哩！棉被摺那什麼形狀，被掀過幾次都不會怕，膽子不小嘛！」

「不要說你們忙著做業務，很累很累又很累，我們以前也是這樣子的啦！我們都可以，你們憑什麼不行？」

「吳自立，你每次都趁著出公差做業務跑到營部或師部睡覺，是不是？」

「報告學長，是…嗯，不是！」阿立學長心裡一緊張，說錯話。

「什麼是不是，別再假了啦，被我捉過很多次了。營部的人都打電話到連上說你在偷睡覺。還想狡辯！」

「為什麼你自己的簽呈都不送上去批，專門送別人的，害我們被禁足！你的休假為什麼特別多？都在連長面前邀功，不要以為我不知道！」阿立學長是參一，負責連上人事業務。

「報告學長，我都有送上去給連長批，是連長還沒批好。」

「聽你在放屁！大專兵比較聰明是吧！把責任都推給連長！」

照情況看來，學長們是針對阿立學長刁難，順便叫我們站在旁邊，以收殺雞警猴之效。

「董仔，你到連上多久了？」話鋒一轉，指著那位胖預士問。

「報告學長，兩個月。」董胖子回答得很諂媚。

「董仔，你跟李銘忠將來都要升士官，他表現這麼爛，你是不會教？」柯班長說。

「報告班長，不是！我都有教。」

「李銘忠，你來連上多久了？」

「報告學長，大約七天了。」

「七天就七天，什麼『大約』！那你把連上的生活作息時間說給他們三隻菜鳥聽！」

幸好上回江班長告訴過我。我結結巴巴地報告，雖然有一點出入，但大致上還算正確。

「不錯嘛！那麼連上這些學長的名字你認得幾個？」

我記名字的功夫還不錯，一個一個唸出他們的名字，輕鬆過關。

「頭腦不錯啊！那守則背來聽聽！」柯班長知道我的弱點。

我頓時愣在那裡，一句也背不出來。

「沒關係，反正罰寫一百遍，明天押槍回來後我要看到，不然就再寫兩百次。頭腦這麼好，我就不相信你背不起來！」

從十點一直到十一點半，我們以標準立正姿勢站著聽學長們責罵、抱怨，後來或許是學長們罵累了，叫我們下去。終於鬆一口氣，這才發現手肘、膝蓋早已僵硬麻痺。

躺在床上，試著不去回想這些令人恐懼的事，早點休息比較重要！

申訴事件（中）

好不好？我們一定要互相幫忙才行！

第二天，負責押槍的人坐上軍用大卡車前往軍團。一出營區，心情變得好輕鬆！坐在卡車上，我拿出紙、筆開始罰寫，車子搖搖晃晃的，很難寫得好。

到達軍團，進入一間小屋，門外守著許多憲兵，因為軍械的事情非同小可，只要出一點點小差錯就吃不完兜著走，不得不謹慎！

裡頭堆滿一箱一箱的槍枝，我們只負責搬運，其餘檢查槍枝正常與否則由軍械士負責。

我不敢放過一點一滴的時間，找到一個小角落蹲著罰寫，也許是太累了，寫著寫著居然打起瞌睡，意識模糊的情況下，寫出一堆鬼畫符。

下午四點鐘，槍械清點大致告一個段落，將一箱箱槍枝搬上大卡車，準備回成功嶺，此時的心情又開始害怕，想到連日來充滿壓力的生活，真是百般不願意回去面對那群學長。

好希望時間走慢一點；好希望車子突然拋錨；好希望突然發現槍械清單有誤…，好希望發生突發狀況，只要能延緩回營區的時間就行。

一

車抵達營區，卸下槍械，清點無誤。

「衛生連四位剛下部隊的弟兄，請到營輔導長室一趟！」營部的傳令兵跑來告知。

四個人戰戰兢兢地走進營輔導長室。

「來，自己找椅子坐下，喔，喝茶，喝茶，不要客氣啊！」營輔仔殷勤地招待，讓我們覺得非常意外。

「昨天晚上十點過後發生什麼事？跟營輔導長講，不要怕！」

四個人我看你，你看我，不知道該不該講？該從何講起？

「沒有關係，有事情就說出來，如果真的被欺負，營輔導長一定為你們做主！」

「李銘忠，你是預士，你先講！」營輔仔指定我。

我沉默了半响，決定把事全盤托出，因為我實在不想再過這種膽戰心驚的生活了！

「那麼你們自下部隊至昨天，晚上都幾點睡？有沒有照規定十點鐘就寢？」輔仔問。

「沒有。」阿成回答。

「為什麼？你們都在做什麼？」這回輔導長指定小黃回答。

「擦皮鞋，擦到很晚。」

「昨晚欺負你們的有哪些人？」

「柯班長、鄭學長及葉學長。」我們槍口一致瞄準這三個人。

「照規定士兵之間並無管教權，且班長的管教權也只限於日常生活及操課，晚上十點以後這種事情是不容許發生的！」營輔導長說。

談了一個多小時，輔導長叫我們先回去，不用害怕。

回連上的路上，彼此沉默不語，每個人都耽心回去後該如何面對他們？不知道事情接下來會有什麼變化？

「營輔導長怎麼會知道這檔事呢？」我試著打破僵局。

「昨天晚上結束後，我感到很害怕，偷偷打電話回去跟我媽講…誰知道她那麼緊張，打電話給某位有認識的將軍，可能就是他從上面施壓下來，…現在，可能連師部的長官都知道了。…對不起，對不起，我真的不知道我媽會這麼緊張，我也沒有叫她去申訴，…對不起，拖累你們三個。」阿成很沮喪，小聲地說著。

我能了解阿成那種絕望恐慌的心情，也能體會當一個母親聽見兒子在三更半夜打電話回去訴苦的驚嚇擔憂。

「就快適應連上生活了，卻又搞出這種事，害我們要跟你一塊黑掉！」康仔抱怨。

此時，身為四個人「首領」的我，不得不說些話來減少分歧的意見。

「事到如今，去埋怨誰都沒有用。既然發生了就只有走一步算一步，我們四個人一定要團結好不好？待會回到連上，就裝作什麼都不知道。萬一，萬一這件事到最後紙包不住火，檢舉人身份曝光的話，我們就把一切責任都推到阿成的媽媽身上，說是她太緊張才去申訴的，好不好？我們一定要互相幫忙才行！」我希望這個方法能將傷害減到最低。他們三人默不作聲，不曉得贊不贊同我的意見？

二

回到連上，四個人幫忙打飯菜、排餐盤，裝做若無其事，學長們似乎也變得特別安靜，沒人對我們大呼小叫。

晚餐進行到一半，師部負責處理申訴事件的「趙老師」來找連長，跟連長說了幾句話，將我們四人帶回到師部他的寢室內。

「坐啊，吃個芒果乾，這裡有飲料，一人一瓶。」

趙老師先請我們吃東西。接著詢問昨天發生的事情，內容大致跟營輔導長相同。問話告一段落，趙老師說：「坦白告訴你們，其實這種申訴管道不太有用，只能治標，不能治本，等你們回去之後，你們的學長一定會用合理的方法加以報復；你們的長官一定會因此而被記過，然後遷怒於你們，說不定往後的日子會比現在更慘。但是，沒有辦法，既然接到案子，就必須照規定處理，不能退回。」

「申訴的當事者還好，依照規定可以選擇調離原單位，但是剩下三人，恐怕跳到黃河也洗不清了！」趙老師講得很誠懇。

過了不久，趙老師親自帶我們回連上，跟連長囑咐了幾句，返回師部。

這時，電話響起，營長傳喚四人至營部。

營長問話的內容也是大同小異。一會兒，留下阿成，叫我們三人在營長室外等候。

過些時間，阿成才走出營長室。

「營長跟你說什麼？」我們問。

「被營長罵了一頓，他怪我怎麼不會忍耐，遇到小挫折就受不了，像個大姑娘。」

大約十點鐘，回連上的途中，遠處出現一個熟悉的人影，「啊！是葉學長！」四個人頭皮發麻，嚇得要死！

「學長好！」四人一起敬禮問好，葉學長正要上哨。

學長停下腳步，和緩地說：「唉！其實當兵，兩年就過去，平安退伍最重要對不對？既然事情發生就算了，後果會怎麼樣我也認了。不怪你們，回去吧！」說完，獨自走向哨所。

完全看不到學長昨日的威風，不曉得他的語氣為什麼一夕之間完全轉變？

回到連上，見過連長，連長叫我們馬上去盥洗然後就寢睡覺。

這天晚上，寢室變得格外安靜。

申訴事件（下）

就算我不相信整個事件會有圓滿的答案，也要相信自己的良知！

一

六月八日星期六一大早，先被輔導長叫去約談。因為這次的事件，輔導長必須寫妥「檢討報告書」並且不定時被上級叫去開檢討會。

步出輔導長室，四人被柯班長叫過去。

「剛下部隊不用太緊張，大家久了也是會變成好朋友的，對不對？連上就這麼小，每個人天天都要見面的嘛！說不定退伍以後你們有空也可以到班長家摘摘水果啊！喝喝茶、聊聊天啊！關於這次的事情不知道會受到什麼懲罰，或許會被關禁閉，那都沒有關係，我不會怪你們的。以後大家還是這樣生活嘛，對不對？」

從來沒見過柯班長以柔性的語調說話，心裡除了懷疑，更是不安，不曉得是「人之將死其言也善」還是另有暗示？

接著四人又被副連長叫過去。副連長擠出滿臉笑容詢問相同的事情，最後說道：「今天連上有舉辦烤肉，有些弟兄還有邀請外面的女性朋友進來，大夥兒一起歡樂，你們也趁此機會放鬆一下心情吧！等一下到連長室，連長要見你們。」

進到連長室，看到連長坐在辦公桌前，面無表情，實在恐怖。

「你們覺得衛生連怎麼樣？辛不辛苦？」

「報告連長，不苦。」

「有什麼不能解決的事情先跟連上長官報告，不能解決再向營部長官報告嘛！一次就告到最上級，上級也是壓回連上，最後仍得由連上長官出來解決，何必如此呢？把事情鬧大而已！」

「你們覺得叫你們打掃，叫你們整理服裝儀容，不對嗎？不合理嗎？」

「報告連長，合理。」

連長抽了一口菸，沉默了半響。

「你們對整件事情有什麼感想？」四個人保持沉默，不知道要如何回答。

康仔最先打破沉默，「原本想就快適應連上生活了，卻發生這種事，我也不知道該怎麼辦。」他有氣無力地說著。

「李銘忠，你呢？」連長問我。

我愣了一下，嘴裡竟重覆著康仔剛剛說過的話。

「那你呢？」連長問阿成。

「報告連長，都怪…都怪我媽她太緊張了，我也沒想到她會一狀告到上面去。」

過一會兒，大概是連長覺得多說無益，叫我們出去。

二

十點鐘，趙老師來到連上，這次，他找齊當晚被罰站的七個人到師部，方便監察官做筆錄。臨走之前，只見董胖子笑盈盈地跟柯班長說：「報告班長，我一定會叫他們少說一點的。」

趙老師帶七人來到師部會議室，分散而坐，每個人距離一大張桌子。

不一會兒，監察官來了，他義正言辭地說道：「各位有看過包青天吧！而我呢，人家都叫我林青天，對於那些壞蛋，一定要把他揪出來，整件事情已經進入司法程序，不要怕！待會兒發給各位一人一張紙，將當天發生的事情完完整整，詳詳細細地寫下來，寫愈多愈好，千萬不要只寫個一句兩句，如果那樣，我也就無從幫起。」

「你們慢慢寫，中午我再來找你們。」說完，和趙老師一起走出去。

廣大的會議室裡就只剩我們七人。

「你們想寫什麼我是不管啦，但是聰明的話就寫少一點！」董胖子略帶警告。

我思索了一會兒，拿定主意，為了免於過這種恐懼的生活，我必須拿出勇氣照實寫，就算我不相信整個事件會有圓滿的答案，也要相信自己的良知！

董胖子寫沒幾分鐘就倒在桌上呼呼大睡。

有的人握著筆不知道要寫什麼，有些人趴在桌上發呆。我看了一下坐在對面的阿成，他也望望我，我們似乎有共同的默契要讓整件事情水落石出。

十二點鐘，監察官和趙老師到會議室收回我們的自白書。

「喂！你這個阿胖，怎麼只寫兩行？」

「報告長官，我識字不多，不會寫文章。」董胖子抖動滿是肥肉的笑容跟監察官打哈哈。

「既然你自己都不幫助自己，那我也無從幫起！」監察官生氣地說。

「待會兒趙老師帶各位回連上吃午餐，因為還在司法程序中，所以吃飯時不准和任何人交談！趙老師會在旁邊監督，吃完飯回到師部休息，下午要個別做筆錄。」

用餐時六個人都低頭不語，唯獨董胖子不時對學長露出「一切沒問題！」的笑容。

用完餐，回到趙老師的寢室睡了一個長長的午覺。

三

兩點鐘，趙老師帶我們回到師部的軍官交誼廳。

「等一下輪流到政三科去，監察官要個別做筆錄。其餘的先在這邊休息，不要亂跑！」

個別做筆錄花了好多時間，輪到我進去政三科時，監察官告訴我：「放輕鬆，一切都會沒事的。來，我問你什麼你就老實回答。」問答之間，他隨筆記錄下來。

「我看你好像真的很害怕。這樣吧，如果你認為有需要，跟我講一聲，我設法幫你調單位！可是你不是申訴當事者，若真的要調單位會比較困難，但我盡力就是！」

到了晚餐時間，筆錄還沒結束，趙老師問：「你們要回連上用餐還是在師部餐廳用餐？」

董胖子馬上說：「聽說師部的三餐都是紅燒排骨，哪像我們連上吃的都是剩飯剩菜？所以我們就留在師部用餐好了！」這句話正合我意，實在不想回連上。

用過晚餐，做好筆錄，趙老師帶我們回去連上。遠遠地，聞到陣陣烤肉香味，連上正在烤肉，有男有女。趙老師見狀為了省掉麻煩，「好了，你們自己回去，我要回師部了。」

副連長見我們回來，連忙向那群女生說道：「連上最優秀的弟兄回來了，讓個位置給他們坐！」聽在心裡很不是滋味。

我們圍著烤肉架，翻動著玉米，豬肉，烤肉醬的香氣陣陣飄出，可是面對這「刻意營造」出的歡樂氣氛，我是一點味口也沒有。

忽然，一位天真無邪的女生問道：「軍中很快樂嘛!有沒有老兵欺負新兵的問題呢？」

天啊!哪壺不開提哪壺?怎麼扯到這麼尷尬的事?

副連長馬上放大音量：「軍中一切都很合理化，絕對不會有不當管教的事情，是不是啊？李銘忠，是不是啊？」

我忍著差一點停止的心臟，顫抖的聲音：「報告，是。」

「是不是啊？」副連長又問阿成。

「報告，是！」

許多弟兄在副連長的問話中都是相同的答案。

四

就寢前的盥洗，阿成在廁所小聲地對我說：「今天做筆錄時，我被政三科科長罵，他說我不會獨立，一切都要依賴家裡，其實他還不是怕事情鬧大對上級不好交待？賤！狗官！」

「那監察官怎麼說？」

「他哪有辦法？人家科長是中校，監察官只不過是個少校。」

五

這件事情到此差不多告一段落。幾天之後，柯班長等人被關到禁閉室一個星期，而排長、連長、營長等直屬長官也同時受到記過及申戒不等的處罰。

學長們變得不太願意跟我們說話，取而代之的是譏諷的語氣：「你離我遠一點，要不然等一下我又被你申訴，我好怕喲！」

這段黑暗時期，我和阿成變成無話不談的朋友，互相打氣，互相幫忙，因為我們了解，已經到了這種地步，若是菜鳥之間再不團結，逃兵、自裁事件可能會隨之而來。阿成的媽媽也曾以「姐姐」的名義打電話鼓勵我，感謝我在整個事件中對阿成的照顧。

幾天後，阿成被調離原單位。雖然很多人都告訴我說可以幫我調單位，但是基於連上任務真的很單純，我又是醫務士，所以仍是堅持留下來，再說，若是換到一個更苦的環境怎麼辦？

盡義務，享福利

當過兵的男人總是喜歡談論軍中的種種豐功偉業，好像遭遇過愈不合理的事情愈可以向人炫耀！

「盡義務，享福利」是天經地義的道理。「盡義務」是指站哨、接業務、負責裝備，「享福利」指休假。

一、站哨

申訴事件過後五天，我開始站哨，連上負責的哨所有兩個，一個是連上的安全士官，由資深弟兄負責；另一個是遠在山頭上的二號哨，由資淺弟兄負責。

成功嶺是一座山，營舍的部局是分層而上，二號哨位於營部附近的一塊高地上，距離連上大約要走上二十分鐘，哨所後方是五百障礙場，從哨所前方俯看，山下的風景、遠處的高速公路、臺中市的高樓大廈，一覽無遺。

我喜歡在白天站哨，白天一個人在哨所內，免除連上的工作壓力倒也快活，夜哨是和補勤連的弟兄一起站的，俯看夜景，真的很美，但是回頭看見一片黑漆漆的五百障礙場，就令人心頭發毛，尤其在夜裡，隨時要注意查哨軍官的出現：他可能從山腳下爬上來；可能從五百障礙場走出來，在他尚未到達之前，哨兵就得大喊：「站住！口令！誰？」以證明自己隨時保持警戒。

有時候和補勤連的同梯弟兄聊聊自己連上的事情，互相抱怨，互相傾聽。「你們衛生連已經這麼爽了，居然還有人會去申訴？罰個站有什麼了不起？我們曾經在半夜被叫到浴室做伏地挺身，學長還在地上潑洗碗精哩！」阮仔毫不在意地說著，一副英雄氣概，非常偉大的樣子。

當過兵的男人總是喜歡談論軍中的種種豐功偉業，好像遭遇過愈不合理的事情愈可以向人炫耀！

聊著聊著，阮仔又說：「入伍以前，曾有一位在小金門當兵的朋友打電話給我，說他們很操，學長很可怕，午休時間看到學長在寢室睡覺，竟不敢進去睡！我說：『有啥好怕的，你就大膽進去有什麼關係？』可是當我下部隊之後，遇到這種情形，說實在的，我也不敢進去睡！」沒當過兵的人常說：「忍耐！沒啥好怕的，熬過就好！」諸如此類的話，真是不懂菜鳥的心情！

看著山下世界的自由空氣，想念起親朋好友，忍不住一股哀愁油然而生。

二、業務

剛下部隊時，江班長早就在動我的歪腦筋。

他負責的業務是醫防業務，職稱「醫防文書」，上頭老闆是師部醫防官，總管全師的醫療衛生業務，下頭支配各旅門診。

打著「醫防官的文書」這個名號在師裡行走，許多人都要退讓三分，看似威風，可是它的業務量非常繁複，是一個超級大爛缺，非常人不能勝任！

熬夜加班對醫防文書是家常便飯，另外還得隨時提防師部、軍團、甚至總部的高階長官打電話來詢問相關資料，一接到那種電話，只要電話禮節稍有不周，挨一頓罵是難免的。

那個時候，正值成功嶺大專暑訓，是醫防組的年度大事之一。據說多年前的暑訓曾有學生暴斃死亡，所以每年的寒暑訓，上級都極為重視，特別是醫防業務。「預防中暑」、「預防食物中毒」、「伙房人員健康檢查」、「心肺復甦術課程」、「環境衛生」、「住院人員」等資料，一天要報兩次到師部去，特別是住院人員，隨時要掌握最新資料，「救護車在幾點幾分載什麼人到八〇三醫院，患有什麼病？狀況如何？什麼人又在何時歸隊？」一天到晚就是在打電話、接電話。有時候搞錯資料，上級長官鐵定會追根究柢，輕則口頭警告，重則可能關禁閉。

中訴事件過後不久，江班長跑來問我：「你會不會打電腦？」

「報告班長，不會。」

「不會沒關係，我教你。我當初也是不會用電腦，經過我師父教過就會了。」

「報告，是！」

「好，那你有空就到醫防組找我！」

就這樣，我笨笨地，很高興地，一頭往陷阱栽進去。

當初我欣然接受的原因，除了「班長的話不得不聽」外，一方面也是想藉江班長的地位讓我的生活好過一點。

所以，我常藉著幫忙做業務的理由在晚上十點後跑到醫防組加班。江班長一開始先利誘我，「當醫防文書的福利很多，連長會給你榮譽假。像我，已經累積十幾天的榮譽假了！」令我羨慕極了！有時候，他會買一些飲料、餅乾慰勞我，在同一群菜鳥中，我的待遇算是最好的。

剛接觸電腦時，覺得很有趣，當我覺得不有趣時已經難以脫身！江班長早已將我報給連長做為醫防文書的接班人。

「我現在就慢慢教你醫防組的業務，我們兩人可以一起做到明年三月，到時候我可以養老，你可以準備找徒弟接班。」

我雖然不太願意接下這項艱鉅的工作，但是「吃人手軟」，尤其對方是個講道理的長官，也只有乖乖跟著他學習處理業務。

三、裝備

雖然，名稱叫「衛生連」，但是它的衛生器材卻是「衛生營」的數量，所以，每個人都要負責保養一至三樣不等的裝備。

全師的衛材裝備是由「衛補組」負責支配管理，它有一位「衛補官」，一位「補給士」，一位「保修士」，保修士後來由董胖子接任。

董胖子一接手，馬上重新分配裝備負責人，先前連長曾指示，「安妮」屬於較特殊、損壞率較高的裝備，必須由較專業的人負責保養，除了我，沒有第二人選，另外，我還保管一具水銀血壓計。

這兩項裝備在我的當兵回憶中佔有一席之地。前者，我必須經常「親吻」她；後者，我曾因為使用不當而鬧出笑話。

還好，裝備不多，保養工作還算輕鬆，甚幸！甚幸！

四、休假

「休假」是最大的福利，我還記得下部隊後第一次休假是在中訴事件過後一個禮拜。

那天早晨，負責休假業務的阿立學長告訴我：「阿忠，連長叫你們吃過早餐後收拾收拾，準備休一天假。」哇！真是太高興了，終於可以重返自由，見到想念的父母了！

可是，對一個菜鳥而言，休假並不是這麼容易就能走出營區的。

要在值星班長檢查過內務、棉被後，加上抽背守則，過關才能離開。

回家的路上，心情一掃數日的陰霾，好像脫離魔窟般的快活，連市區的噪音都變成悅耳的曲調。

回到家中，開始忙著熨軍服、出去購買生活必需品、寫信給朋友。一轉眼，歸營的時間逐漸逼近，心情開始低落，一想到回營要面對那些巨大的束縛，內心就非常沉悶，有一股想要逃兵的衝動。

以後的休假，情緒都有相同的變化，為了避免那種極度低潮的心情出現在收假途中，我想出一個辦法試圖讓自己好過一點。

每回到達營區外面，便打電話給朋友們，說說自己的心情，聽聽朋友們可愛的聲音，情緒會稍微變好一點。

記得那時候曾有許多朋友被我「騷擾」過，希望你們能體會我當時的心境。也因為這群朋友寫信及電話的鼓勵，無形中給了我繼續面對黑暗的力量。

謝啦！我的朋友們，請準備好你的臉頰，給你們一個友情飛吻！

賑災

賑災，不但有趣，還可以提昇國軍形象。

七月三十日，臺灣受到賀伯大颱風的侵襲，嚴重的災情馬上遍佈全省，山崩、地裂、溪水暴漲、交通中斷。

在軍中遇到颱風還是頭一回，傍晚風勢愈來愈大，落葉滿天飛，樹木被大風吹得直不起腰。令我又緊張又興奮。

晚上，風雨交加，水電均中斷，全連享用燭光晚餐，頗浪漫的。

我太喜歡停電了，所有東西淹沒在黑暗之中，沒有人能分辨誰是誰，所有工作皆因為視線不良而停止，暫時擺脫處處被監視的壓力，站夜哨的人，光是站在走廊都被風雨潑得全身溼淋淋，真有趣！

隔天早晨依然是停水停電，吃過早餐，把全連的餐盤拖到餐廳去，想說餐廳裡應該會有水，穿著雨衣，冒著大雨到達餐廳時才發現餐廳也是停水停電，但是總不能把沾滿油污的餐具再拖回連上吧！再怎麼說，中午也是要吃飯的，權宜之計，我們把餐盤拿到從屋頂下來的排水管下方清洗，既乾淨又省水，一舉兩得。

一

兩天後的中午，師部緊急集合戰備部隊，參謀長向大家宣佈待會兒要到彰化賑災。

大卡車載滿官兵及工具，經過兩、三個小時車程，來到彰化某魚塭，所有魚塭都遭大水沖毀，滿目瘡痍。

「排長，我們要做什麼事情啊？」有人問。

「不知道，等上級交涉完畢再聽候命令行事。」

大夥兒閒著無聊，蹲坐在一旁，望著汪洋一片。

忽然，「嘿！有螃蟹！」有人發現沙地上有螃蟹，馬上跳下去抓。

「這邊也有！哇！彩色的耶！」

「這隻螃蟹的剪刀好大喲！」

「有沒有塑膠袋，給我一個！」

「你們看，我抓到魚了！」

瞬時之間，許多人跑去抓魚、抓螃蟹，玩得不亦樂乎。

上級的交涉呢？經過一個多小時，結果是收拾工具，準備返營。

這就是賑災？整個下午就花在抓螃蟹、抓魚與坐車，太好玩了！

二

接連幾天，官兵們輪流到彰化賑災，一大早出發，天黑才回來。

八月七日，我們來到彰化縣花壇鄉賑災。車子停在花壇鄉公所前面，經過編組，本組由柯班長帶隊，跟隨鄉公所的幹事前往災區。

他帶我們到一家民宅後院，屋子的女主人出來招呼。

「前幾天，河水暴漲，沖來一堆泥沙，把我家弄得這麼髒！少年仔，就麻煩你們了！」說完，進屋裡搬出一箱飲料慰勞大家。

「阿桑！歹勢喲！讓您破費！」柯班長很有禮貌地說。

我們一鏟一鏟把污泥鏟起來，雖然範圍不是很大，但仍是汗如雨下，突然，肉圓仔向柯班長說：「報告班長，我以前是開山貓的，那邊停了一臺，不知道可不可以使用？」他手指路旁工地區。所謂「山貓」就是小型推土機。

柯班長過去和幹事商量，幹事還真有辦法，跟工地主管交涉，轉眼就借到手。

肉圓仔一坐上「山貓」，駕輕就熟，只見「山貓」在他的操控之下來去自如，進退靈活，兩三下泥沙就清潔溜溜。

「糟糕！太早完工，預定集合的時間在下午四點鐘，沒想到，還沒中午就做完了。」大夥兒不知道接下來要幹什麼？

「少年仔，多謝多謝，涼的通通拿去喝，這麼辛苦！」阿桑滿心歡喜感謝我們。

「阿桑，歹勢，歹勢，阮並沒有說要留下來吃中飯啦！」從某位學長口中冒出此地無銀三百兩的話語。

「喔！沒關係，少年仔，今天就留下來吃中飯，不要客氣啦！我現在就來去煮飯。」阿桑說完就走進廚房。

「阿桑，不用啦！阮又沒有說要吃爌肉，你不要去煮喔！」不知道是誰又冒出一句話。

「喔！要吃爌肉，我現在就來去準備。」阿桑的熱情令人動容，而我們早已笑倒在一旁。

基於不能擾民的規定下，最後是拿出自己準備的便當草草解決中餐問題。

吃完中餐，「班長，接下來要去哪裡？」

柯班長想了想，「路的盡頭有一家圖書館，我們就去那邊休息好了。」

「哇！那麼遠，走過去好累喲！」某位學長抱怨。

「沒關係，我用『山貓』載各位過去！」肉圓仔自告奮勇。

這個提議不錯，大家從來沒有坐過「山貓」，感覺很新鮮，頃刻間，十幾個人攀上「山貓」，有如「李棠華特技團」般。

雖然路程不長，卻引來民眾圍觀，我們也就順水推舟，紛紛擺出各種姿勢：蹲馬步、金雞獨立、扮美猴王，還有人乾脆學起蔣總統向路邊民眾揮手致意。

「阿兵哥，真行喲，會做工作還會耍特技！」

到了圖書館，各自找一張沙發，躺下去就呼呼大睡。沙發真柔軟，一直到下午兩點多才醒過來。然後在附近晃呀晃，上街買東西吃，混了一下午。

四點鐘一到，大夥兒裝出一副疲態，走回鄉公所集合。

鄉長非常感謝國軍官兵的幫忙，除了口口聲聲的謝字，還致贈一箱箱的礦泉水，以報答國軍官兵愛民助民的義舉。

事隔多年，回想起賑災的種種，仍令我津津樂道。

兩個星期後，彰化縣政府為了感謝這次協助賑災的官兵，贈送了大批的泡麵、飲料、餅乾、礦泉水等，不管有沒有去賑災的人都吃得很高興。

「賑災，不但有趣，還可以提昇國軍形象。」這是我的感想。

「誰說讀資訊科的就一定要會用電腦？」

電腦考試

一

到連上已經兩個多月了，申訴事件的陰影似乎漸漸被淡忘。記得衛校結訓前，輔導長送給大家一句話：「下部隊後，你們要試著去和學長們做朋友，而非一味地尊敬他、順從他。」這段日子裡，一方面持續自我要求，一方面試著去和學長們做朋友，雖然難免冷嘲熱諷，但是久了就習慣。

或許這就是所謂的適應吧！

各參文書的接班人大致都定案了。醫防組成了入夜以後各參文書辦公的唯一場所，一群文書擠在一個小空間裡邊做業務邊聊天，增進情感交流，這是一段難忘的夜生活。

有時候連長在半夜會到處巡視，最常到醫防組看各參文書的作業情況，特別是醫防文書。

「李銘忠，你哪裡畢業？」連長問我。

「報告連長，臺中一中。」

「哈！一中，那你怎麼沒有去讀大學？反而跑來當兵？」連長問。

「報告連長，因為沒有考到。」

「沒有考到？那怎麼不去重考？」

「報告連長，我已經重考過了。」我答得有點慚愧，也已經猜到他下句話要說什麼了。

「重考過還沒有考上，那你一定是很貪玩、不用功！對不對？」

「報告連長，我是很用功，只是⋯」每每提起這個問題就很尷尬，任憑誰也不相信我在沒有貪玩的情況下，經過重考還會落榜，然後被徵召入伍，報效國家。

「一中，你要加油，未來連上就靠你了！暑訓的業務會了嗎？明年可是由我們值星呢！」

「報告連長，還要再學習才會，目前還不太熟練。」

「那你就認真學習吧！嘿！反正明年我也退伍了，我會打電話為你加油，看你怎麼死的。」連長略帶幽默。

「報告，是！」

二

過了幾天，連長宣佈要測驗各參文書接班人打電腦的程度，決定來個電腦考試。連長將一本影印的舊講義撕開，一人發給一頁，每頁內容都不同。

「每個人用電腦打出來你手上的講義並列印出來，要跟原稿一模一樣才行。今晚有休假的人，通過考試才准離開；沒有休假的人，明天早上交給我！」還好，當天我沒有休假。

其實打字並不難，怕的是 DOS 系統的參數設定，參數設對了才能列印出大小相同的資料，儘管江班長教過我，但是我並不太有把握。

下午五點，我走進醫防組，見白目輝坐在電腦前死命地打著鍵盤，好像不太樂觀。

平日散漫的白目輝是阿立學長看在他是資訊科畢業的份上收為徒弟的，誰知他卻連電腦最基本的功能都不會。「誰說讀資訊科的就一定要會用電腦？」害我們無言以對。

忽然，門被打開，一位學長逛進來。

「哈！在拼命嗎？我看你今晚留下來陪我們好了！」學長調侃白目輝。

只見白目輝一轉身，雙手合十，「學長，你幫我打好不好？時間快來不及了！我兒子才剛出生又患有先天性心臟病，我一定要回去看他。學長，你就幫幫我嘛！等我回來一定帶好吃的孝敬您老人家。」白目輝竟然哀求起學長。

學長一副為難的表情，考慮了一會兒，心不甘情不願地坐到電腦前面。

「我只幫你設參數，其餘打字部份你自己負責！」

「謝謝學長，我就知道學長對我最好了！」白目輝拍馬屁。

學長設好參數就走，我趁機把參數抄下來。

白目輝的成品比原稿差異甚多，呈上去後，輕鬆休假去。「這樣就過關？」我有點納悶。

晚上十點後加班做業務，做到凌晨一點多，喝一杯咖啡，換上全副武裝，準備接替「兩四」的哨，四點下哨回到連上，再喝一杯咖啡，進去醫防組打電腦考試的作業。

萬物都在睡夢中，只有我獨自坐在電腦桌前打字。拿出江班長教我電腦時所寫的筆記，對照下午偷抄學長設定的參數，一一修改，希望能找到最接近原稿大小的模式。

看看窗外，天色已經泛白，成群的鳥叫聲傳入耳中，再過十分鐘部隊就要起床了。

「不管了，反正已經盡力了！」一臉疲憊的我決定做最後一次列印。

眼睛半開半閉，把紙送進列表機，列印出來後丟在桌上，準備回寢室。

當我步出醫防組時，遇到站「安全士官」的學長。

「你…整晚沒睡，在裡頭打電腦？小子，不錯嘛！」學長語帶驚訝。

被學長稱讚，欣慰地躺在床上休息了五分鐘。

早上，我走進醫防組仔細檢查一個晚上努力的成果，覺得自己打的還不錯，唯獨所有字體均向右微微傾斜，應該是送紙列印時，紙張沒有對齊的結果，可是當我看到原稿時，嚇了一跳！原稿上的字也是向右傾斜，而且居然連傾斜的角度都差不多，竟被我歪打正著。

當連長查看我的成果時，我故意說：「報告連長，原稿的字體有斜一邊，我的也有斜一邊，所以我的應該是最接近原稿的。」其他文書的，不是字體太大，就是字與字的距離太寬。

連長微微笑一笑，點點頭，「一中，優秀喔！」

辛苦一夜，能得到連長的讚賞，雖然累，但也值得了！

A片風波

披著英雄皮的狗熊終究要褪去外衣恢復原狀，從最卑賤做起。

剛下部隊那段期間是非常辛苦的，身為一個菜鳥，什麼粗活都得幹，面對一群虎豹豺狼般的學長，一顆心永遠懸在半空中，隨時要聽從學長們使喚，掃廁所、倒垃圾、洗碗盤、搬重物、跑腿，一刻不得閒，還要擔心自己做得不夠快不夠好而挨罵。

事情發生在某個星期日，這天不用操課，除了例行性的公事外，幾乎所有人都沒事做。為了打發無聊的時間，忽然有一位學長提議：「我們去租片子來看！」馬上獲得其他學長的附議，可是營區內的片子都不好看，最好是去外面租片子，娛樂性會比較高。派誰去呢？大家馬上把目光轉到最菜的人身上。沒錯，就是我。

「嘿！阿忠，你出去租兩片回來給學長看，記住啊，學長要看『好看的』！」一位身上有紋路的學長拍拍我的肩膀說。

「不要說我們欺負你叫你去租片子，我在外面有停一輛車，你拿去騎啦，早去早回，注意安全。」另一位學長遞給我車鑰匙及一些租金。

「請問學長，你們想看哪一類的片子？動作片還是文藝片？古裝的還是現代的？還是其它類型的？」我特地再問清楚。

「喔，比我們還內行喔，還會用專業術語！相處這麼久難道還不知道我們的個性？我們個性這麼隨和，隨意就好了啦！只要『好看的』就可以了啦！不用講太清楚吧，講太清楚傷感情，『好看的』就對了，知道了沒！」一邊講還一邊帶著詭異的笑容。

「知道了，我知道了。」我用力地點頭。我這才意會所謂『好看的』的意思，學長們為了怕有損尊嚴還故意裝得這麼矜持。

老鳥們跟副連長講一聲，馬上開一張一小時的假單給我出去租片，副連長也喜滋滋地對我說：「我們在這裡等你呦，要『好看的』呦！」

然後全連弟兄以英雄式的目光目送我走出連上，第一次覺得自己倍受重視。

我走出營區，找好久才找到學長的破車子，鑰匙插進去還卡在裡面，沒辦法發動，眼看時間一分一秒地過去，急得我熱汗直流，若是逾時又沒完成任務加上搞壞車子，我就完蛋大吉了！浪費半小時才搞定機車，趕快狂飆去租片子，到了店裡，找到限制級專區，顧不得其他客人在我背後竊竊私語，隨便挑兩片『好看的』就趕快飆回來。

遠遠地，我看到營區大門口兩名彪形憲兵，想到「凡進出大門都要被憲兵檢查行李」的規定時，彷彿有一股不安在心頭打轉，但隨即又想到，軍中都是男人，偶爾看看『好看的』不過份吧，應該不算是違禁品吧。

我在大門果然被憲兵要求檢查行李。

「咦？你手上拿的是什麼啊？」憲兵將兩支帶子拿出來目不轉睛地盯著封套看。

「喔，A片喔！要沒收。」憲兵不懷好意地說，有點認真又有點像在開玩笑。

「報告長官，這是我們學長叫我借的。」我趕緊解釋。

兩個憲兵到旁邊商量一會兒，考慮是要沒收還是要放行。

「嗯，你是哪個單位的？嗯，衛生連的啊，嗯，不錯，衛生連跟憲兵連是鄰居嘛，那你打個電話叫你學長過來一下。」

我只好打電話回連上請學長出來講講情面。

三分鐘後，一個老學長來到大門口跟憲兵交涉，雙方見面好像老朋友似的，哈啦不完，終於保我一命。

回連上，那群學長高興地在中山室沉醉感官的享受，而我，馬上又被叫出去掃廁所。披著英雄皮的狗熊終究要褪去外衣恢復原狀，從最卑賤做起。

半個月後，我接到一通電話。是錄影帶店老闆打來的，他說錄影帶還沒歸還，叫我趕快歸還，不然要沒收押金，接到電話我才再度想起這件事。

真糟糕，我已經忘記學長們看完帶子以後收到哪邊去了。

我趕快跑去找學長幫忙，學長想了好久才想起來，「啊，好像被副連長拿走了。」

我只好去見副連長，副連長面色凝重地說：「嗯，好，晚上我會給你答案。」

晚點名後，副連長將兩支帶子交給我，讓我拿去還，此事才告一段落。

後來我從學長們口中得知，原來那兩支帶子被憲兵連連長借去看，是副連長去要回來的。

千錯萬錯都是自己的錯，是自己太疏忽才造成。

瑣事雜記

一、公差

剛到連上的某天晚上，好不容易排隊輪到我熨衣服，才剛接過熨斗，忽然從走廊那端傳來：「公差一員！」

在旁指導我熨衣服的阿立學長聽到，馬上答：「有！」並飛奔出去，留下一臉茫然的我拿著熨斗發呆。

稍後阿立學長回來，「以後不管在做什麼事情，只要聽到有人喊道：『公差！』就要馬上停下手邊工作，趕快跑出去，否則後果自行負責！現在已經告訴過你了，不要說我沒有教啊！」

隔天，我在中山室擦皮鞋，「公差兩員！」外頭傳來聲音。想起阿立學長的告誡，放下皮鞋馬上衝出去，所有菜鳥都一起跑出去。

柯班長指定我跟小黃把垃圾清理一下。

整理完畢，回到中山室準備繼續擦皮鞋，卻發現皮鞋不見了，被踢到角落去。

「不擦皮鞋也不會收好，放在那邊我怎麼知道是誰的，剛才不小心我就把它踢到牆角去了。哼！下次我會不小心把它踢到垃圾桶去的！」一位學長狠狠地說著。

「報告學長，因為剛才出公差，所以來不及放好。」

「出公差是你的事，你是在怪我囉！」

「報告學長，沒有！」

類似這種有苦難言的事很多，遇到的話只有自認倒霉，下次多留意些。

二、報復

經歷一次教訓，自從柯班長及葉、鄭學長出禁閉室以後，便採合法的手段報復。

譬如：柯班長接連幾天的晚點名都宣佈：「明天檢查服儀，不合格者就處罰！晚上十點鐘所有人準時就寢，不許有人藉由其它理由跑去擦皮鞋！」

以往我們是靠就寢以後的時間擦皮鞋，鞋子才稍能維持一點亮度。

既然這樣，意圖很明顯，即第二天等著處罰我們。

有時候早上打掃完畢，走進寢室換裝，只見自己的軍毯、棉被散落一地。

「棉被摺不好就翻掉！再摺不好就有你摺不完的棉被！」

因為摺棉被並沒有制式標準，只要班長說你不及格，你就得重新摺過。

其實，老兵就是喜歡看新兵緊張的樣子，以彌補從前當菜鳥時被欺負的不平衡心理。這是一種報復心態，人性醜惡的一面。

三、死大胖

由於柯班長被關禁閉，江班長忙著暑訓業務，連上缺士官，連長礙於現況，叫董胖子提早掛階，暫時做個「實習班長」。

不得不稱讚董胖子很懂得生存方法：對菜鳥蠻橫壓搾；對老鳥又是極盡所能的諂媚逢迎。在他們三人出禁閉之後，董胖子還當著我的面跟鄭學長說：「上次做筆錄的時候，我看到李銘忠寫好多喔！」

「沒有啦，我都是寫一堆廢話，我最會寫廢話了！」我冒著冷汗狡辯。

「不要再裝了啦！你們四人當中已經有人跟我坦白說都是你叫他們寫多一點的，對不對！一切都是你在搞鬼！」鄭學長說。

我張口結舌說不出話來，「一定是康仔出賣我。」我猜。

不知道是不是董胖子故意要討好鄭學長，一當起實習班長，便把我盯得死死的，處處挑我的缺點，尤其他那副大嗓門，把我呼來喚去，背守則、罰寫、做這做那，像一條狗似地，有些學長看不過去，只能在心裡為我抱不平，甚至有一回，江班長為了我，和董胖子大吵起來，我則在一旁尷尬得不得了。

同梯的菜鳥們也是被董胖子玩弄在手上，只是沒我嚴重。私底下，他們會安慰我，「阿忠，我真的很佩服你，如果換成是我，早就自裁了！」某日阿傑在拖飯菜時告訴我。

「你再忍耐一段時間，等你升上班長就不怕那隻肥豬了，到時候我們就靠你出頭天了。他馬的，死大胖！」阿傑安慰我。

「唉，其實我也不想這樣子，畢竟以後升上班長要共同管理連上的事，很多事情還得互相幫忙。」我無奈又沮喪地說著。

董胖子剛掛階的這段時間，我陷入了第二黑暗期，有時被他整得非常憤怒時，只能狠狠瞪他一眼，別無辦法。

九月份，我將正式掛階升班長。八月底，似乎可見黑暗盡頭露出一絲光明。

四、犯錯

到連上一段時間了，雖然試著小心做事，但是不時會犯錯，有時，錯得連自己都不能原諒自己。

某天晚餐，連長一直沒出現，當用完餐之後，他的餐盤仍舊原封不動地擺在他的座位上。菜鳥們進來擦桌子、收拾湯鍋、整理餐廳，我站在連長的餐盤面前，「連長應該不會用餐了吧！何況今天菜色這麼爛！」我一廂情願地想著，順手將連長的飯菜倒入菜渣桶裡。

不到五分鐘，連長喘著氣走進來。在他的座位上看不到餐盤。

「叫值星官來！」連長下令，情緒好像不太好。

值星官以立正姿勢站在連長面前，「為什麼沒有留下我的飯菜？」連長大聲斥責值星官。

「辛辛苦苦開個會，回來卻沒飯吃！搞什麼鬼！」連長憤怒地走出餐廳。

接著，我被值星官責罵一頓。

「我怎麼會大膽地擅作主張呢？我怎麼不先問過別人的意見？我怎麼會犯下這種愚蠢的錯誤呢？」內心不斷地自責，彷彿自己對不起全世界。

五、違紀

有次休假，在整理內務、背守則，搞得滿頭大汗以後，終於放我一馬。

我加快腳步走向營區大門，將假單、識別證交由門口的憲兵檢查，他仔細地上下打量我。

「你鬍子太長沒有刮！」順手拿起「違紀登記簿」記上一筆。

整個人被憲兵這個舉動嚇住了，三秒鐘後才醒過來。

出營區之後，趕緊打電話回報連上，因為自首可以減輕罪行。

回家途中坐在火車上，一直在回想，「怎麼會忘記刮鬍子呢？我怎麼會這麼糊塗呢？回到連上不知道會有什麼處罰？」

一整天都沒有好心情。

收假，鼓起勇氣踏進連上。

「違紀！你完蛋了你！」一見我回來，董胖子的大嗓門就對我狂吠，恨不得想讓全連都知道似的。

過一會兒，輔導長把我叫去，「我已經去過憲兵連幫你把違紀劃掉了，下次小心一點！」加班時也被江班長唸了幾句，「你怎麼這麼粗心，當個預士還被登記違紀，將來要怎麼帶部隊？」

千錯萬錯都是自己的錯，是自己太疏忽才造成。

「一次被蛇咬，十年怕草繩」，記取這次的教訓，開始注意自己的服儀，還特地買了指甲剪和刮鬍刀放在行李袋，藉以提醒自己休假時要注意服儀。

九月的曙光

至少先把服儀做到最好，才有資格在部隊面前抬頭挺胸。

九月份，正式掛階升士官，熬了三個月，終於脫離苦日子，至少不必再聽從學長們的使喚，看在階級的份上，他們還得敬我一分。

不過，轉換身份代表另一種考驗的來臨，以前只要聽命行事，現在變成要去發佈命令，發佈命令很簡單，但是發佈正確的命令，面面俱到，就是一門學問了。既然是班長，就要輪流揹值星，當週的值星班長要在胸前斜揹一條象徵權威與責任的值星帶，一揹起值星帶，你就是最大的，所有人都要聽你的話。

權力與責任是成正比的，包括服儀內務，都要有示範的作用，「刮別人鬍子之前，先把自己的鬍子刮乾淨。」我還特地去買一雙新皮鞋，擦得亮晶晶，並且每回休假都把草綠軍服拿到洗衣店熨燙，至少先把服儀做到最好，才有資格在部隊面前抬頭挺胸。

人家說：「班長就是老虎的化身。」不管先天的個性如何，一定要表現出自信十足的氣魄，並且要會罵兵，站在阿兵哥面前非得要有訓不完的話、講不完的事。

可是當我站在部隊面前，看著底下黑壓壓一片，便覺得渾身不對勁，講個話斷斷續續，罵人罵到吃螺絲是常有的事情。尤其在冬天的清晨，頂著寒風刺骨喊口令，不時可見到我發抖的肢體及顫抖的音調。

看到柯班長超人的體能、江班長訓話時的條理分明及董胖子的滿面霸氣，讓我不得不虛心向他們學習。

體能也是挺重要的，帶隊跑步，萬一跟不上隊伍，那就糗大了。偏偏第一週揹值星就遇上體能戰技測驗，測驗前的練習準備有夠操的，兵沒喊累，倒是我累個半死，還得故作輕鬆狀，咬緊牙根撐下去。

由於前一天晚上趕做業務，熬夜到凌晨三點鐘，睡眠不足，測驗當天跑個三千公尺竟然跑到最後一名，真丟臉！

「領導統御」是一門高深的學問，之後的日子我一直在學習，原本對我期望甚高的連長，看到我的領導能力之後，好像變得很失望。可是，要不是他那麼早退伍，一定會對我的進步刮目相看。

套用一句狄更斯的話：「這是一個光明的時代，也是一個黑暗的時代；這是一個最好的時代，也是一個最壞的時代。」

對我而言，九月份正是如此。

小黃面對逆境的堅強，讓我不得不向他看齊。

老江與小黃

「老江」就是江班長，我業務上的師父。「小黃」曾和我一起經歷申訴事件，阿成調走以後，小黃是我唯一的朋友。

一、老江

提起老江，讓我又愛又恨！

老江在當兵期間把我拉去接醫防組，整天為一些沒用的數據資料奔波，讓我陷入萬劫不復的境地，但是整個過程中，我學習到處理事情的能力與面對自己的責任應有的態度，與他相處更讓我見識到一位班長該有的風範，這對我往後的日子有深遠的影響。

他打起電腦處理業務必定全神貫注，事情尚未完成之前不曾見到他休息，毅力驚人！對於明日的進度，會在前一晚就寢前條列清楚，以防漏失，他也曾為了暑訓的資料，來回師部與連上達二十多趟沒有一句怨言。

當他揹起值星帶，連上弟兄對他的命令都是心服口服，因為他平日待人不錯，不會擺個高高在上的臭架子，加上行事穩健做風溫和，要求的事項也合情合理，大家都很樂意聽他的指揮。

難怪連長對他特別器重，把所有優點全部投射到我身上，期望我能繼承老江的所有表現。唉！真是苦了我。

跟他相處久了，打屁、聊天自然都有，後來我發現他並不是個正經八百的人，也會搞笑、裝瘋賣傻，嚴肅的外表背後藏有一顆玩世不恭的心。譬如，他收集了一盒「炫風卡」，沒事就跟人在地上廝殺起來；無聊時到處尋找橡皮筋，幻想自己是射鵰英雄，對著牆上的昆蟲、壁虎亂射一通。

醫防文書師徒之間的感情是其他各參文書師徒所羨慕的，曾有人對我說：「我覺得你跟你師父很像耶，都是同一個樣子！」是啊！我們兩人有許多相似點，最像的莫過於「睡功」了。

老江好像隨時可以睡覺隨時可以工作。只要一沒有業務壓力，不管站著、坐著、靠著牆，都能睡得死死的，聽學長們說，有一次老江拿著拖把在拖地，不小心整個頭就撐在拖把桿上站著睡著了，令許多人百思不解；而我，除了也常常擺出各種睡姿之外，最常在加班時坐在電腦前方大幅度點頭，手指頭還放在鍵盤上亂按，一覺醒來，螢幕上的資料已經全部毀在我手中。接著就被他轟出去洗臉。

老江退伍的前一天，正值開設聯檢中心，為了怕我不熟練整個流程，還特地重披戰袍，示範給我看，令我感激不盡！

退伍後的他，出國深造去了。當我寫下這些當兵片段重拾往日回憶之時，才發現老江真的對我很好，下次如果有機會再遇到他，應該「二話不說，馬上上前給他一個熱情的擁抱」才對。

二、小黃

小黃的路一直非常坎坷，但他卻一直都比別人堅強。

在我接觸醫防業務不久，小黃被輔導長叫去擔任「政戰文書」。若要追本溯源，小黃的師父，也就是上一任的政戰文書，應該是被派到營部支援的張學長。

既然張學長被調走了，小黃的業務就只有輔導長可以傳授，偏偏輔導長又是一個爛官，膽小怕事又愛面子，常常把一堆業務丟給小黃，「你就把這些資料剪一剪、貼一貼，用電腦打一下，很簡單嘛，很快就做好了！」哼！說的當然很簡單。

小黃的電腦是趁老江教我時在旁邊聽學而來，他還不太敢以菜鳥的身份直接開口向老江請教，遇到文書處理的問題通常是先問我，我再去請教老江。

我記得每次加班到最後，往往只剩我跟小黃，昏暗的燈光下開著一臺超小型收音機，一邊聽著收訊不良的音樂一邊做業務，兩人一同熬夜到兩三點是常有的事，通常我會比他早完工，做到凌晨三、四點鐘對他而言是家常便飯的。

有時候他會很沮喪地抱著頭說：「怎麼辦，不知從何做起，輔導長又已經睡覺了，明天一大早要交資料，怎麼辦？」

有一天因為資料沒辦法交差，上級長官在半夜打電話叫他去把連長及輔導長叫醒，三人一同到營部挨罵，那次，他以一個剛下部隊的新兵角色在半夜裡大膽地將主官管叫醒，委屈得讓他差點流下眼淚，深怕跳到黃河也洗不清，幸好連長明理，知道錯不在小黃，並無苛責他。

小黃只是個兵，平日的公差雜事、夜裡的衛哨勤務都要下去做，再加上肝功能不好，每天還要加班熬夜，看到他經常愁眉深鎖，真替他感到難過。

唯有玩起音樂，才會讓他神采飛揚，曾經在民歌餐廳駐唱過的他，彈著吉他唱起歌來，悲苦的神情自然流露，所以連上的弟兄都愛聽他彈吉他。

正因為音樂，讓我們變成好朋友，聊起詞曲創作可以講上一整天。他曾經說過：「我覺得我們很幸福，因為我們心情不好時可以玩樂器；別人心情不好時，想玩還不一定會彈！更何況大部份的樂器沒有插電的限制！」

小黃的創作天賦一直比我優秀，加上吉他、歌聲，都非我能望及項背的。

退伍後的他，遊走於現實與理想之間，在電話裡頭聽他說起生活的種種不如意，但我相信他一定能找到自己的一片天。

小黃面對逆境的堅強，讓我不得不向他看齊。

冒牌醫官

隔行如隔山，幸好他不懂，否則當場就掛在那裡了。

十一月四日，因為種種因素，連上只剩下兩位醫官，一位要去戰備，另一位要去駐點。偏偏這時候，位於半山腰的工兵連打電話來請求派援一名醫官去協助教召員的體位判定，值星官考量結果，決定派我假扮成醫官去工兵連出差。

「你把軍服脫下來，換穿上醫師服，人家就看不出你的階級了！而且向醫官申請體位重新判定的頂多一、兩個人，你幾乎所有時間都是在旁邊發呆休息的。放心啦！輕鬆的差事才叫你去，不然就叫你去戰備了，安啦，不會有事的啦！」值星官向我說明我的任務。對於這種有點冒險又有點刺激的工作，我倒是很有興趣。

駕駛兵開著救護車抵達工兵連，丟下我便返回連上。「中午我再來接你回去！」

我穿著雪白色的醫師服，背著冰桶，手拿血壓計獨自往工兵連連集合場走去。

「醫官好！」一位小兵很有禮貌地向我問好，我對他投以一個微笑。

「醫官，這邊請坐，這回麻煩你了，真不好意思！」工兵連連長不失地主的禮貌。

「不會，不會，職責所在嘛，連長您太客氣了！」平時我是不會說這些客套話，但是現在我是醫官，一定要懂得應對進退，並且要有知書達禮的氣質。

接著，「醫官，請用茶！」「醫官，辛苦了！」問候聲絡繹不絕。

沒想到，醫官的地位竟然這般崇高，是我始料未及的。嘿嘿，這件醫師服真好用！

整個上午，只有一位後備軍人找我核判體位，其餘的時間都在發呆，無事可做。

或許是連長看我無事可做，跑過來客氣地說：「醫官啊，趁這難得的機會可不可以麻煩幫我量一下血壓好嗎？」

「量血壓？以前在衛校有學過呀！步驟很簡單嘛，將氣袋纏在手臂上，壓縮橡皮球，使空氣進入氣袋。」實在是太久沒有操作過，我迅速地回想一遍。

連長長得虎背熊腰，光是手臂就跟我的大腿一樣粗，張大目光注視著我，好像試圖看穿我的冒牌身份。

連長伸出右手，我故做熟練的動作，將氣袋往他的前臂纏上去。

忽然，問題來了，到底哪一面才是正面？氣袋的兩面幾乎是一模一樣，一定要找出正確的方位才能使兩端的魔鬼氈完全貼合，打氣時才能量出正確的血壓。

大概是太緊張了，試了好幾次都沒有辦法使之密合。

「再試下去可能要穿幫了！⋯⋯哪有醫官不會量血壓的？」我心想。

於是，急中生智，「報告連長，這個⋯因為前幾天我們的裝備負責人將氣袋拆下清洗，結果好像縮水了，再加上連長您體格這麼健壯，手臂這麼粗，氣袋太小了，沒有辦法將您的手臂包住。實在不好意思。」

「咦，醫官啊，我記得以前去醫院量血壓時，看醫生是把氣袋纏繞在上臂耶，您今天怎麼是纏繞在前臂呢？」

經他提醒，我頓然想起，的確是該纏繞在上臂的。

「糟了，陰謀要被揭穿了，身份要曝光了，完了，完了……。」我在心裡吶喊。

「連長啊，其實呢，纏繞上臂或前臂都是一樣的，…主要呢，是要包住手臂這條動脈以測量脈搏。」我不知哪兒來的勇氣對他自圓其說。

「哦，原來如此，…那麼，醫官，您再試一次吧！」

我再次壓縮橡皮球，可是隨著打入的空氣，氣袋就膨脹起來，根本無法固定，刻度表上的水銀指標不規律地上下起伏著。

「報告連長，這個儀器有點故障，所以……。」

「沒有關係，我們用手壓住氣袋，再試一遍。」連長仍然不放棄。

接下來，你可以看到一位連長和一位醫官各伸出一隻手，拼死拼活地壓住氣袋，只為了不讓氣袋鬆弛。好一個爆笑的畫面。

我忍住快要爆出來的笑聲，故做鎮靜，隨便編一個接近正常的數據給他。

「報告連長，依照這個數據看來，您的血壓算是正常的，…不過這臺血壓計可能有點兒問題，最好是找個時間到醫院去檢查一下會比較準確。」

「謝了，醫官，唉，正常就好。最近老覺得身體不太舒服。」連長抓著頭，帶著一副摸不著邊際的表情離開。

我捏了一把冷汗，靠著信口胡說的功夫才沒露出馬腳。

隔行如隔山，幸好他不懂，否則當場就掛在那裡了。

射擊隊集訓

夜路走多會遇到鬼，理由不換會被處罰。

師長鑑於官兵們打靶狀況不理想，於是下令全師各連隊各派一員士官組成射擊隊，實施三個禮拜的射擊課程，期望歸隊後能成為種子教官，提昇整體射擊成績。

十一月十八日，我因為一些陰錯陽差的原因被派去射擊隊受訓，眼見各步兵、砲兵單位派來的士官個個體型剽悍像隻猛虎，讓我這個軍醫下士看傻了眼，頗有雞立鶴群的無奈感。

射擊隊的隊長由一位中校長官擔任，因為他長得又高大又魁梧，我們私底下偷偷給他一個封號——「黑熊」。

我對槍有恐懼症，每每打靶聽到巨大的槍聲，眼睛便不由自主的閉起來，再加上鮮少有拿槍的機會，所以就更加陌生了。

在此附帶說明，為何上回要到軍團押槍呢？因為當時上級決定將後方精良的槍與前線有問題的槍枝互換，以鞏固國防安全，所以呀，押回連上的槍大部份都是問題槍枝，包括我的在內。

拿著問題槍枝上射擊隊，先天條件就已經不公平，更何況我的專長是「軍醫」，如何能跟步兵士官一較長短呢？根本是挨打的份。

第一週的課程著重在理論說明，偶爾玩玩類似電動玩具的「射擊模擬器」。第二週開始真槍實彈上靶場。第一天的實彈射擊就連連卡彈，看到別人每發子彈都能打出去，才確實感覺自己的槍真是不中用，幸虧靶臺助教幫我解決卡彈的窘境，我才勉強擊出幾發。第二天，隊長為了訓練我們獨立處理問題的能力，取消靶臺助教，也就是說，每個靶臺上只有射手一人而已，遇到卡彈必須自己解決。

在別人隆隆槍聲中，我抖著雙手取出連連卡住的子彈，等全部射擊完畢，別人的槍都能擊出六發——中不中倒是其次；而我，六發之中只擊出兩發，卡到四發，真慘！凡是命中率低的，都被隊長叫去罵。

「你們成績很不理想，通通去旁邊出射擊預習！順便把鋼盔脫下來吊在槍管上，增加重量，以訓練你們的臂力！」

射擊預習的痛苦，新兵時期早就嘗試過，重新體驗那種滋味真難受！光是撐在碎石子的地面，兩手肘就磨到破皮，不得已，拿出看家本領，將綁帶纏繞在手肘形成一道保護，同時也幫不少人包紮，射擊隊有個醫務士還是不錯的。

每打完一輪，隊長就集合所有人一一做彈著點分析，檢討自己打偏的原因。唉，我怎麼會知道啊？每次明明都有瞄準啊，子彈不聽話我能有什麼辦法？

「報告隊長，因為卡彈，所以有多發沒有打出去。」我說。

「卡彈？你自己不認真擦槍才會卡彈！這種人最可惡了！一把槍不好好保養怎麼會有好成

績？去旁邊射擊預習！」黑熊斥責我。

「報告隊長，我扣板機時正好吹起大風！」某人分析自己的彈著點。

「颳風？這不是理由！去！射擊預習！」

接著一堆人都被黑熊叫去射擊預習。

有了幾次經驗，大部份的理由都漸漸合理化。

「報告隊長，在扣板機時，我有稍微『凸肩』，而且不小心又『急扣』，才會打偏。」我用比較學理上的名詞且裝出深切反省的樣子。

「好，既然知道缺點，下次要改盡。」

「報告，是！」

夜路走多會遇到鬼，理由不換會被處罰，每次我的理由都是大同小異。

「上次是這樣，這次又是同樣的錯誤！缺點不改怎麼會進步？到旁邊去射擊預習！所有人中只有你是掛軍醫的，與眾不同，我已經記住你了！」黑熊對我咆哮。

每次被處罰也不是辦法，必須想方法解決，於是，除了照隊長所說，擦槍時多費點兒心保養之外，實彈射擊時還得把握時間，別人擊六發的時間內我要排除卡彈並再次擊發，沒有靶臺助教在身邊，一切都要靠自己。

情況漸有改善，之後的六發子彈，大約可以擊出四、五發，雖然命中率仍得靠運氣，但是「自古無場外的舉人」，要想命中目標的先決條件就是要先能擊發，不能卡彈，否則一切免談。

面對星期六即將來臨的期中測驗，人人都很緊張。因為及格者可以休假，不及格者要留下來射擊預習。

期中測驗除了要考「武」的——打靶，還要來「文」的——筆試打靶的相關知識。一堆射擊基本理論都從射擊課本裡頭出題，必須熟讀課本才能拿高分。

課本?你以為每個人都有嗎?所有步兵單位都有，就是衛生連沒有。

到了晚上的自由時間，只見每個人手持一本從自己連上帶來的課本用力的讀，而我，只能趁別人讀累時向別人借來看，拼命死記。

星期六的測驗，筆試居然跌破眾人眼鏡，考了八十六分；實彈射擊也奇蹟似地低分過關。哈哈，帶著勝利的笑容休了一天假期，那次，「在營休假」者高達一半以上。

結訓時的期末測驗得分不理想，反正，就要結訓了，管他成績好不好。

結訓當天，助教告訴我：「以一個軍醫下士而言，你的成績算是不錯了。」雖然知道他在安慰我，但是聽了還是很高興。

歸隊回連上以後，雖然覺得自己在射擊隊並無增加自己射擊的準確度，然而，往後的日子裡，我卻可以自吹自擂地說：「你們槍法有我準嗎?別忘了，我可是射擊隊的喲!」哈哈，狐假虎威一下，否則就太對不起受訓這三週的青春歲月了。

不同世界的人，偶而要站在對方的立場想想。

精神病患

由於是師級醫療單位，所以只要營區裡有待驗退且軍醫院又不肯收留的病患，都會送到連上來，有的是等退伍，有的則是等待遙遙無期的分發，這種案例以精神病患者居多。

一

記得剛下部隊，當我還是一隻菜鳥的時候，有一天忽聞連上來了一位郭姓二兵。真好，多了一位菜鳥，正好可以分攤我的工作，這對我是個利多的消息。

打算找他認識一下，同是菜鳥，心情接近，應該比較投緣才對。

見到他本人，發現他眼露凶光，很嚴肅地喊著：「看什麼看！還在發呆！還不趕快去給我工作！」我嚇了一跳，摸摸鼻子，趕緊無中生有地找了一項工作假裝賣力地做。一邊做一邊想：「大概是我聽錯消息，原來連上新來的是一位士官。」

晚餐過後，又看到他在連上「巡視」。

「喂！我是連長！動作還慢慢來啊！」只見他向旁邊一位學長大喊。

「再亂喊試試看！你是連長！我還是營長勒！」這時才曉得這位新進人員竟是一位正在辦理轉院中的精神病患，暫時轉送到連上來，等待分發到別的單位。

往後幾天，沒人理他究竟是不是連長，就連連長本尊經過他身邊也都視而不見，反正喊累了就會安靜下來。

一個禮拜後，發現他開始在學長們面前耍寶，還會學猩猩走路、學各種動物的叫聲，且樂在其中。反正只要他不鬧事就好了，管他要做什麼。

不久，他的轉院有了初步結果，被送往別的單位。結束短短幾天的鬧劇。

二

下部隊半年後，連上轉來一位重度憂鬱症患者。同樣地，他目前正在辦理退役手續，但退伍令遲遲不下來，上級研究的結果就是暫時讓他到衛生連。

他長得人高馬大，皮膚白淨，兩眼無神，說起話來很小聲，彷彿蚊子在叫。為了照顧這樣的病患，連上特地指派一名看護，不論吃飯、睡覺、洗澡，全天候緊迫盯人跟在他身邊。

比起以前的那位病患，他算是乖寶寶了，不吵不鬧，人家說什麼他就做什麼，完全不會頂嘴，沒事做就靜靜坐在一旁發呆。

既然是團體生活，有些工作就得分配給他做，打飯菜、掃地、簡單的擦拭裝備等等，這些不太花心思的的差事他倒是都可以勝任。

一般人認為精神疾病患者只要不惹事就謝天謝地了，更何況他還會幫忙做事情，基於這個理由，全連弟兄不曾對他有特別的要求或刻意欺負他，相反地，大家還很照顧他。

這週正好我揹值星，許多上級的壓力都落在我肩上，晚點名時我照例宣佈一些本週要求的重點，其中有一條：「晚上十點就寢以後，所有人員不准從安官桌前經過。」

通常晚上十點以後連上弟兄有人會去盥洗，總習慣在安全士官桌前來回走動，假若這時剛好有督導官前來查哨，見到夜間還有人員在室外閒晃，或許就會挨上一條缺失，宣佈這項命令意即代表如果夜間要到浴廁，請從室內繞道而行。

這道命令行之有年，每週的值星班長多少都會提醒全連弟兄要遵守這項規定，所以大家都明白這句話的意思。但是，只有他不懂。

隔天早上，他的看護過來向我報告，這位精神病患昨晚尿床。

「為什麼?難道他不知道要去廁所嗎？」我問。

「說起來這要怪班長你昨天沒有說清楚。」看護回答。

「什麼事沒說清楚？」我疑惑了。

「你說『就寢後所有人不准從安官桌前經過』，他以為是『就寢後所有想上廁所的人都不准從安官桌前經過』，所以就尿在寢室裡了啊！」

「啊？『不准從安官桌前經過』，但是你可以從室內繞過去啊，這不是大家都知道的事嗎？」我既好氣又好笑。

沒辦法，我真的敗給他了，嗯，不同世界的人，偶而要站在對方的立場想想，說些對方聽得懂的語言，不然還真不知道會不會有意料之外的事發生。

醫防業務與醫防官

是呀！醫防組都打不死我，還有什麼事情能屈服我？

我在射擊隊結訓後不久就破冬了，一般而言，破冬的人可以漸漸享受福利，可是，破冬對我來說，卻是準備正式接下業務的開始。

正巧那時候醫防官被調走，新上任的醫防官對事情要求很嚴格，凡是他要的東西，不管犧牲一切一定得要到手；凡是不關他的事，即使是舉手之勞也絕不會幫忙；凡是交待我的事情，一定再三督促，直到完成為止。

不知道該說他很有責任感呢？還是要說他不近情理呢？老江為了擺脫這位機車醫防官而提早將大部份業務交給我獨立處理。

從此之後，我得了「電話恐懼症」。每次電話響起幾乎都是醫防官打來的，一接過話筒，我必須擔心下一秒鐘是挨一頓罵或是立刻被叫到師部處理事務。包括午休時間及入夜就寢以後，都曾因為一通電話被從床上叫醒直奔師部：有時候是在師部被他胡亂砍劈一頓；有時候只是為了一點雞毛蒜皮的小事情。

那時，正值一月份大專學生寒訓期間，在揹值星的當週，管理連上的事情都來不及了，還要處理一般業務工作，加上醫防官時而重要時而不重要的任務，常把我累得半死卻兩邊挨罵。

寒訓結束，原本以為可以稍微喘口氣，沒想到二月底又接連碰到三件大事：

一、總部軍醫處處長要到成功嶺視察，醫防業務將是督導重點。

二、師長下令開設師醫療站，一切的演練、報告皆由衛生連負責。

三、新舊任營長交接，營裡所屬單位必須將裝備全數陳列。

光是後兩者就讓全連忙得團團轉，人人減少休假，增加工作量，更何況我得另外多負擔第一項的業務，並且應付一位機車醫防官，精神及體力皆吃緊的情況下，讓我陷入第三次黑暗期。

我曾告訴醫防官這三件任務其勞累與相關性，希望他能體諒我的難處。但他回我一句話：「反正師醫療站和營長交接又不關我的事，你很忙是你家的事，我只要求我份內的工作。」

我聽了很生氣，再怎麼說，醫防官的職務也是建制在衛生連的，多少也該關心一下連上的事情。於是便暗自詛咒他有一天也會忙到不可開交，體會我的處境。

而我應有的假期，因為任務繁重一延再延。碰巧在軍醫處處長視察的前一天輪到我休假，看著別人開始填寫假單，我是多麼盼望也可以停下來喘一口氣呀！可是任務壓力這麼大，我休得了假嗎？

當天晚上我去找老江討論此事，希望能徵得他的同意幫我代理一下業務，讓我能安心休假一天。他曉得我很累，沉默了幾分鐘，緩緩說道：「你可以留下來嗎？等全部結束後再一次休個痛快！」他的表情有些尷尬。

我沮喪地低下頭，眼淚奪眶而出。

他摟住我的肩膀，不忍地說道：「我也不想這樣啊！」一份兄長的關愛情懷隨之流露。

後來老江經過再三考慮，決定咬緊牙根扛下所有業務，只為能讓我走一天。

這一天的假期是當兵兩年來最關鍵、最適時的休假，說是「久旱逢甘霖」一點都不過份，即時解除累積許久心力憔悴的疲態，若不是這一天假期，我可能在當下累積出一身病，熬不到退伍了。

也許是我先前的詛咒實現了，在連長退伍之後，由於找不到適當的接任人選，醫防官被師長指派暫代衛生連連長，從此，他身兼兩職，前一秒鐘在營部開會，下一秒鐘要到師部報告，蠟燭兩頭燒，兩邊都不討好，夠他受的了。

相處久了，他漸漸明白我的處事態度，慢慢信任我的處事能力，有時候晚上請我到連長室去吃宵夜、聊聊天。「銘忠啊！這些日子真是要感謝你了，沒有你的幫忙，我也真的做不下去了，我知道你很累，可是我也很累，你要體諒我啊。」

難道他很累，我就要跟著很累？他是職業軍人，我只不過是個義務役小兵，這是責任問題還是自私的說法？我內心充滿矛盾。

他的處事態度非常極端，有時讓我恨得不得了，有時又讓我感激得不得了。

譬如，所有人累了一整天才整理出來的暑訓聯檢中心驗退人員資料，在晚間十點鐘等我氣喘噓噓地送達他手中時，他大發雷霆：「為什麼這麼晚才送來？你知不知道我還要送給師長批閱？現在時間師長已經就寢了，你叫我怎麼辦？不管，你馬上給我送去給師長批閱！」說完，把我趕出連長室，並丟出一句話：「務必達成任務！」

我呆在那裡不知所措，就算我膽大包天，也不敢去叫醒師長呀！再說，這種事情應該是醫防官的責任，一個小小的文書是沒有資格單獨見師長的。

最後，我只有跑到師部找聯絡官幫忙，聯絡官是個大好人，安慰我幾句，叫我早點回去休息，資料明日再交給師長。謝過聯絡官，回到連上，發現醫防官已經熄燈就寢了，恨得我不知該做何表情。

又譬如有一次，我曾被誤解為衛哨失職，營輔導長罰我禁足四週，幸虧醫防官去替我澄清，挽回我的清白。當時他曾私下對我說：「若是營輔導長堅持要處罰你，那麼我一定會想辦法幫你辯白！他扣你幾天假，我就補你幾天假。」這件事情又讓我打從心底感激他。

面對醫防組沉重的業務，好幾次在放棄邊緣徘徊，但只要一想到老江也經歷過同樣的壓力還能愈戰愈勇，這種使命的傳承，讓我告訴自己：「不論怎樣，總是會有辦法的！」的確，在最絕望的時候總會有辦法解決問題的，端賴你自己能不能運用智慧，對自己有沒有信心。

猶記退伍前，小魚醫官寫給我的祝福詞：「…希望你永遠有醫防組打不死的精神…。」

是呀！醫防組都打不死我，還有什麼事情能屈服我？

高裝檢

軍中專制的社會，誰來監督？誰敢檢舉呢？

「高裝檢」是年度大事之一，由總部派員到各單位檢查裝備並且評分，其原始的用意在維護裝備的可用性，可是實際情形卻是流於形式。各單位主官視高裝檢為立功爭光的好時機，便會加緊督促；而阿兵哥們卻視高裝檢為毒蛇猛獸，隨時要擔心怕自己的小疏失導致嚴厲的處罰。

幾乎所有的裝備都要重新去銹、噴漆、整裝、擦拭，連老舊不堪、早該淘汰的裝備也要恢復全新的模樣，實用性令人質疑。國軍有很多問題裝備，但外表看起來都很美觀，經過一再的保養絕對看不出裡頭已經爛了一大半。

實際的裝備數目一定要和帳目上的數量相符，不能多也不能少，所以可以發現有許多人會到處找地方把多餘的料件藏起來，挖個沙坑埋進去啦、藏在大水溝或垃圾場啦，或者魚目混珠偷偷運出營區藏在外頭，而缺少料件的人只好放亮眼睛，趁人不注意時伺機下手偷取別人的東西。說「偷」太難聽，在軍中都是說「幹」別人的東西。

我所負責的裝備是三具安妮及一臺水銀血壓計，和別人相較之下算是輕鬆多了，不過保養起來仍是很費時，除了幫安妮擦拭身體、洗衣服、縫扣子，還要時常做「功能測試」——親了又親，壓了又壓。血壓計倒是沒什麼好保養的，將橡皮管抹上滑石粉再歸零即可。

高裝檢之後就是論功行賞，論過行罰。

曾經和某認識的長官聊天中得知，每回遇到上級單位來督導，為了爭取好成績，私底下都會送點兒禮物或紅包給督導官，看哪個單位送得多，就可以名列前矛。

這種事我雖然沒有親眼目睹，但我相信軍中的紅包文化一定有。

就好比你相信政府人員沒有貪污嗎？在人民的監督之下，這種事都時有所聞了，更何況軍中專制的社會，誰來監督？誰敢檢舉呢？

虛偽莫名的規定

用自欺欺人的把戲求得一些虛偽的成果而揚揚得意，大言不慚地誇耀自己。

一

幾乎所有服過兵役的人都有一個共同的看法——軍中太虛偽了。上級喜歡看假象，下級也樂於製造假象，一個願打，一個願挨，於是「虛偽定律」自然成立。

我揹值星時，只要連長認為大家唱歌答數的聲音太小，那我為了全連著想，就會很自動地「操」歌，一遍又一遍，他們也都很自然地配合，大聲唱出來，然後我再罵上幾句話，大家有默契，一同演戲給連長看，連長才會罷休。其實，站在連長的角度，每隔一段時間就得發怒一次，才能保有威嚴，才能表示自己有在管理部隊。

唉，這個道理想通就算了。

二

最虛偽的莫過於政戰系統了。

政戰的守則很多，包括「愛民十大守則」、「反情報七要項」、「中訴範圍」、「中訴電話」、「保密十要項」等等，一大堆沒意義的條文，一大串華而不實的口號，還硬是規定人人都要熟背，為的只是應付上級的督導。

上級來督導的時候，督導官會任意抽幾個人背守則及問一些相關的宣導事項，以做為評分標準。若分數太低還可能會影響到單位主官管的業績。

試問，將「愛民十大守則」背熟了就代表愛護人民了嗎？將「保密十要項」背起來就代表不會洩露機密了嗎？我看未必吧！舉個最簡單的例子，申訴電話人人都知道，可是真正遇到事情，除非你決心豁出去了，否則誰敢放心大膽地打這支電話呢？到頭來還是流於形式而已，背這麼多條文只不過是方便向外宣傳，說明軍中是個合理管教、注重紀律的地方。每當有不當管教事件震驚社會時，上級便會開始下令加強督導申訴電話、申訴規定，如此一來只有累到官兵，失去原來的意義！

政戰的文宣品很多，不外是一些守則及思想方面的宣傳工具。曾有一次，上級下了一道命令，叫所有人要隨身攜帶這堆文宣品，以備檢查用，可笑的是這居然也列入督導重點！只要被檢查到沒有隨身攜帶的人就是缺失一條，簡直莫名其妙！政戰就是這樣，用自欺欺人的把戲求得一些虛偽的成果而揚揚得意，大言不慚地誇耀自己；把最腐敗的東西用最美麗的糖衣包裝起來，迷惑眾人的眼睛。

很多人都很討厭政戰的虛偽，以我膚淺的文筆可能無法表達得很清楚，必須要親身感受才能體會，不過，面對軍隊這個混雜的大團體，政戰的某些性質確有其存在的必要，可惜，它總是太強調外表，對實質少有幫助。

三

有些長官身邊的幕僚人員總愛建議一些莫名其妙的事情，完全看不出有什麼意義，也不顧下級執行上的困難，好像這樣才能顯得自己有在做事。

例一、原本晨跑不用戴帽子，不久上級下一道命令：晨跑要戴帽子；過了一段時間又來一道命令：晨跑不戴帽子；經過幾個月，上級再下一道命令：晨跑要戴帽子。朝令夕改讓人無所適從，跑步戴不戴帽子到底有什麼特殊意義呢？

例二、某天上級下令，各單位要在所屬的單槓場的沙堆埋磚頭，圍成一個長方形。看似簡單，可是光是為了在營區內找磚頭就動員全連的人，找了一整天也找不齊足夠的磚塊。哪來這麼多磚頭供各單位單槓場埋設呢？再說，埋設完畢後又真的便民了嗎？

例三、某年暑訓的第一天晚間十點半，接到上級來電：「要醫防文書馬上調查所有學生戴眼鏡及戴隱形眼鏡的人數，明日早餐會報前要呈給師長。」

接到這種命令，我別無選擇，馬上打電話到各旅門診，要求他們立即調查，並且趕快回報給我。

回報的結果都是「不知道」、「無從查起」。因為上級另外有一項規定：十點就寢以後，嚴禁用任何理由將學生叫起床。

最後，我叫各旅門診自己編造數據給我，我再呈上去。

那麼，我是犯了欺君之罪囉？這件事情的正確數據誰也不知道，就只能以我的資料為資料，難不成師長還親自下來一個一個詢問調查？

大專集訓

眾所矚目集訓的背後，可否有人關心過常備幹部的生活作息呢？

大專暑訓的學生一上成功嶺，第一件事就是到各旅體檢場做體檢，檢查不合格或是難以判定體位者，便帶到中正堂的聯檢中心做最後的退訓與否判決。

「聯檢中心」由學一師及學二師的醫防組聯合開設，兩師的衛生連配合支援，學生們經過最後的檢查，將結果呈到臺上，經由核判官判定去留，再經過文書兵登記、電腦兵輸入電腦，列印成冊，集合兩師的「驗退人員名冊」交由值星師送到班部給班主任。

去年的聯檢中心由江班長負責，光是「驗退人員名冊」就常常忙到凌晨，有時候全部收拾好打道回府後才發現資料有誤，就得趕緊到班部，冒著被責罵的危險追回錯誤的名單加以修正。

今年的聯檢中心自然落到我的肩上，偏偏又是值星師，要做的事情更多。

首先，要製作六塊指示看板，共花了我好幾個晚上不眠不休地思索趕工，成品還算不錯；再來要商借場地——中正堂，申借單上要經十幾位長官蓋章認可才行，花掉一個下午和一個晚上還沒蓋齊，長官們不是有事外出，就是休假不在。

正式核判體位時，我就有如當年的老江，指控全場，到處支援，一會兒幫忙蓋章登記，一會兒到後頭打電腦，並不時向各旅督促統計資料，甚至要跑到鄰師去催討，接電話次數更是頻繁，許多大官打電話都指名要找醫防文書詢問最新情況。

核判體位過程中常常可以見到被驗退的學生跑上來向核判官要求可否留訓。

「我很正常啊！只是剛才比較緊張，血壓才會升高，能不能讓我留訓？」

「麻煩一下啦！我已經被退三次了，再退訓會很沒面子。我身體沒問題的啦！」

退訓與否都得由數據做為判斷，如果你的身體有任何先天上的毛病卻沒有退訓，萬一出了問題，任何人都扛不起這個責任，所以核判官總是拒絕這些請求。

最後的階段最麻煩，資料上時常多出一人或少掉一人，為了找出那一位關鍵的人名，可以耗掉半天的時間。

師裡的六大長官——正副師長、正副參謀長、正副主任，是人見人怕，人見人閃。主要是官階相差太懸殊，只要稍微講錯話、做錯事，隨便一點處罰就夠你受了。曾經有某個單位的衛哨在副師長巡視時正好用右手在寫字，本能反應伸出左手敬禮，當場被禁足兩週。

因為業務關係，我和醫防官經常被副師長傳喚，詢問有關學生住院的情形。據悉，副師長有幾次都因為我回報的資料多一人或少一人而被指揮官指責，威脅要將我關禁閉，幸好都被醫防官擋下來才有驚無險地度過那些日子。

整個暑訓期間，我為了整理資料通常都忙到很晚，排長體諒我，於是向連長建議早晨讓我補休至七點鐘，不用早點名也不用做打掃工作。

但是有一天晨間打掃，師部參謀長忽然到衛生連做突擊檢查。當我躺在床上聽到參謀長的聲音，想要起床換裝已來不及，只好將計就計，馬上倒回床上閉起眼睛假裝睡覺，衣衫不整躺在床上，當場讓所有人為我捏一把冷汗，好險，經過排長的解釋，參謀長沒有說話便離去。

之後，我被戲稱為「全連最勇敢的人」，別人看到參謀長都嚇得立正站好，只有我是躺著見參謀長的。

註：記得成功嶺末代大專集訓的時候，傳播媒體爭相報導屬於成功嶺的種種事蹟，重拾許多人過去的回憶。可是在眾所矚目學生受訓的焦點背後，是否有人知道：為了接訓事宜犧牲了多少的人力物力？又可否有人關心過嶺上常備幹部的生活作息呢？

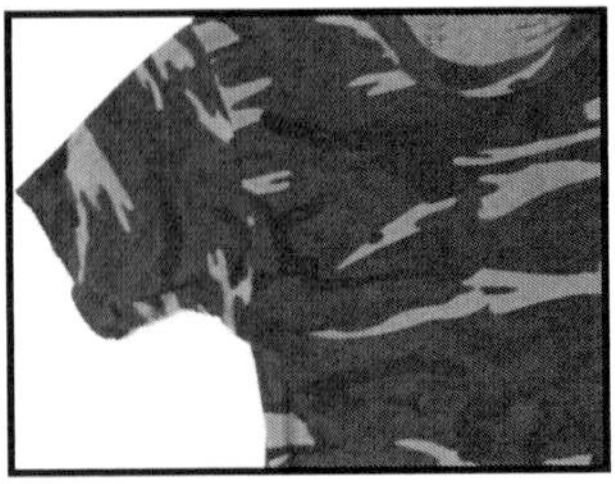

到底是誰規定人一定要怕鬼呢？

鬼話傳說

這檔事情只能口耳相傳，誰也不希望自己真的碰上。

一

師部位於本連前方約一百公尺處，兩者中間隔著幾幢舊庫房，庫房外頭種著許多芒果樹，夏天一到，熟透的芒果掉滿地，隨手可得，香甜多汁。但是到了夜晚，這個地方就變得異常陰森：人煙稀少，樹木又多，短短的一百公尺內有石階、有斜坡、還有深水溝，就寢以後，全師熄燈，更是伸手不見五指。

偏偏我是醫防文書，每天夜裡趕完資料要急忙送到師部，每當想到要穿越這片鬼地方就百般不願意，但誰叫它是是通往師部的唯一捷徑呢?由於不諳地形，剛開始送資料時曾在這個地方跌過幾次，幸虧傷勢不重，連上又有現成的藥可擦，尚無大礙。

慢慢地，熟悉這趟路之後，我可以在夜間抱著一疊資料小跑步到師部，再衝回連上。有時候凌晨兩點突然被叫去師部，那就很刺激了，通常我會告訴自己：不要東張西望、腳步不要停、不可回頭看。同時我會安慰自己：「我的八字很重，一定不會有事的。」、「到底是誰規定人一定要怕鬼呢？」儘管有心理建設，但是一個人單獨走在陰森森的夜路上，仍然不免會心寒。

有一次晚上，連長氣急敗壞地叫我跟他一同去師部處理暑訓提報資料。

連長邊走邊罵道：「這麼晚還把我叫去弄資料，連上一堆事都還沒完工，上級分明在整人！亂搞嘛！」

看他這麼生氣，我只得乖乖跟在他後面，保持沉默。

又要穿越這伸手不見五指的鬼地方了，不過這次是兩個人一起走，比較安心，但是當我想到許多軍中鬼話裡常有同伴被附身的情節，不免又膽顫起來。

走著走著，不知是我眼花，還是夜太黑看不清楚，我發現連長的背影消失不見了！我趕緊伸手探測連長是否在我的前方。

沒有！連長不見了？嚇得我心臟都快跳出來，視線極差的情況下，我環顧四周，試圖找尋連長的蹤影。

眼前是一片黑暗，氣氛凝重，我真的很害怕自己四處張望會看到不乾淨的東西，但又不得不這樣做。連長真的不見了！

「嗚———。」一個令人毛骨悚然的聲音，使我滿臉蒼白，雞皮疙瘩掉滿地。想逃，又不知道該往前跑還是該往後跑？更何況此時雙腳又不聽使喚。

「嗚——」像哭又不是哭，像叫又不是叫的聲音不斷傳來，嚇得我魂不附體。

忽然，一個靈光閃過我的腦海，拔腿便往前直奔。

直到一個扭曲的臉浮現在我的眼前，我趕緊跳下水溝把連長扶起來。

我們兩人沾滿一身爛泥巴爬出水溝，只見連長的頭部多處又腫又流血，手腳傷痕累累，疼痛地不停呻吟，連長叫我獨自前往師部處理資料，他則一跛一跛走回連上。

到達師部，長官問我：「你們連長怎麼沒有來？資料出問題了他知不知道？明天師長一追究起責任，他就好看！」

「報告長官，我們連長剛才不小心摔到水溝去，撞得鼻青臉腫，回去療傷了，他叫我先過來整理資料。」

「嚴不嚴重啊？」那位長官沒好氣地問。

「報告長官，頭部及手腳擦傷，勉強還能走路。」

「怪他自己不小心，我只叫他來師部，又沒有叫他摔進水溝。」

回到連上，才知道連長已經被送往成功醫院治療。

隔天，我負責回報師部的日報表上寫著：「衛生連少校連長沈國發於〇八一四 二一三〇趕赴師部辦理業務，由於視線不良，不慎跌落水溝，經送往成功醫院擦藥包紮，目前情況良好。」

連長出院後再三向我道謝，感激我幫他扶出水溝。

那個地方常常有人摔進水溝，不知道什麼時候才能加裝路燈以保安全？

二

成功嶺很大，樹林、死角很多，這類的傳說層出不窮。不想還好，一想就心底發毛，尤其在寒冬的深夜獨自站哨時。曾聽前輩述說過，若真的看到不乾淨的東西，仍然要不動聲色，裝做若無其事，才能平安脫身。

二號哨位在五百障礙場旁邊，面對一個大斜坡，可以俯瞰市區的景色，但是入夜後則是一片荒涼，站二號哨遇到不尋常的事情時有所聞，曾聽說有哨兵在半夜看到部隊在五百障礙場操課，還有人看過用手提著自己的頭跑五百障礙的阿兵哥。

八十五年九月初，營裡傳出站哨鬧鬼事件，內情是補勤連某位弟兄夜裡站二號哨，或許是白天太累了，他躲在哨所內睡覺，卻被人打了一巴掌而驚醒。生性暴燥的他並不害怕，將燈打開破口大罵，結果飛來一顆石頭差點兒打到他，他才嚇得逃回連上。

事發不久，消息傳遍全師，紅透半邊天。於是上級將補勤連撤哨，改由衛生連站，為安撫人心，入夜後改由一哨兩人站。不久之後，又有事情發生了。

當晚夜黑風高，顯得格外陰冷。小黃和老朱站凌晨兩點到四點的哨，正當兩人大談闊論未來之事時，忽在黑暗中看到上空不到兩尺處有一黑影輕輕飄過，像是武俠片中吊鋼絲般緩緩移動，然後飄到哨所後方的樹上，接著發出樹葉掉落的聲音，兩人對望一眼，互問：「你看到了嗎？」雖然皆未回答，然而由彼此眼神中可看出答案是一致的。

兩人趕緊將哨燈打開，都不敢往後瞧。此時鴉雀無聲，那種寧靜異常的氣氛，真叫人發毛。過了不久又聽到石頭互相碰撞的聲音，持續約三十秒，兩人心裡更加發毛，朱問黃：「要不要回報？」小黃二話不說，拿起話筒打回營戰情回報。

可是，過了良久仍不見有人來查哨，這時，吹起一陣大風，將一個鐵罐吹起，往山坡下滾去，不知怎麼搞的，五百障礙場上忽然起霧，兩人緊緊靠在一起，嚇得驚魂不已，直到四點鐘有人來接哨才結束這場夢魘。

此事傳到連長耳中，連長於是在隔天晚上親自到二號哨陪哨兵一起站，企圖尋找證據，可是什麼異象都沒發生，之後此事便不了了之。

註：為了寫這篇故事，筆者特地向當事人小黃求得這篇文章，將他特殊的經驗與大家分享。

醫務士

既然坐上救護車，就只有完全信任駕駛的技術，既來之則安之。

說起來，我的本職應該是一名醫務士，但大部份的時間卻都花在業務及管理部隊上，日子一久，反而忘記自己最原始的本份。

一名稱職的醫務士應該會成為醫官的得力助手，與處理業務相較之下，擦藥、包紮、打針等這些事情倒是有意義多了！

幫受傷的病人擦藥其實很簡單，沖洗傷口、塗上藥膏再覆蓋紗布即可。有的病人會要求多一層保護，我就再幫他纏上繃帶；有的病人會對醫療方面充滿好奇，問題不斷。

「我的傷口什麼時候會好呀？」

「要看體質囉，各人體質不同，所以癒合的快慢因人而異。」其實，我怎麼知道你的傷口何時會好？可是又不能不回答，要有專業的口吻才不會被人看扁，只有這種回答才能讓雙方皆大歡喜。

或許是看過這類傷患的事情吧！會漸漸覺得生命是如此脆弱。輕從擦傷、割傷等小意外，重到車禍、自殺等大傷害，每一種危險都潛藏在無時無刻中，誰也不敢預測下一秒鐘還能快樂地享受人生，誰也不能保證惡運之神不會降臨在你身上。所以，習得基本的醫療知識是現代人必備的工具，醫護人員則更要預防危險的發生，因為要先能救自己才能救別人。

一、瘋狂救護車

距離退伍前兩個月的某個週六午間，突然接到一個消息：「有位女士官在營區外發生車禍，人已送至民間醫院，要衛生連派救護車將她轉送至八〇三醫院。」

周醫官接到命令後，趕忙坐上救護車準備前往。臨走前忽然想到我待在連上無事可做的無聊樣，便問我要不要一起去，基於一位醫務士強烈的使命感，便毅然決然加入救人的行列。（說穿了其實是想出去晃晃！）

救護車來到中港路旁邊一家大型醫院，我和周醫官下車到急診室一探究竟。急診室內除了多位傷患，還有醫生、家屬，人來人往，進進出出的人群之中夾雜著幾位從成功嶺特地趕下來探視女士官傷勢的長官。

這位女士官躺在白色的病床上，眉頭深鎖，緊閉雙眼，吊著點滴，耳朵塞著一塊沾滿血跡的紗布，軍中長官和醫生、家屬討論過她的傷勢，辦妥手續，便由我和周醫官將她推上救護車。

車子一出醫院，馬上鳴笛閃燈，直奔八〇三醫院。

這是我第一次坐上急速奔馳的救護車，聽到鳴笛聲，路上大小車輛皆主動讓出一條路，待車子駛入臺中市區——週六午後的臺中市，交通狀況可想而知，堵的堵，塞的塞，寸步難行！為了救人，為了爭取時間，救護車不得不見空隙就鑽，見紅燈就闖，無論是快車道、慢車道、逆向行駛，都必須大膽地放手一搏，好幾次差一點擦撞到別的車輛或安全島，情況驚險萬分！車速時快時慢，一下子瞬間加速，一下子又緊急煞車。車上所有人除了昏迷中的傷患不知道狀況外，都懸著一顆七上八下的心，希望趕快到達目的地，「救護車」千萬不要出意外，成為「被救護的車」才好。

我左手拿著點滴瓶，右手抓緊車上的塑膠把手，身體隨著車速的慣性前傾後仰，頭還去撞到車門；坐在駕駛兵旁邊的周醫官同樣也是緊張得皺緊眉頭，凝重的表情佈滿臉上。

既然坐上救護車，就只有完全信任駕駛的技術，既來之則安之。

到達八〇三醫院，將她推下車檢查傷情，辦妥住院手續後，我和駕駛兵小郭站在走道門口聊天。

「剛才開那麼快，害我頭去撞到好幾下！」

「沒有辦法，我也不是故意要開那麼快的，我自己也是嚇得半死！好幾次都和大卡車擦身而過，你現在能站在這裡跟我講話，算你命大！」

兩個小時之後，小郭載著我和周醫官悠閒地返回成功嶺，在營區外頭，我特地請他們到冰果室吃冰，因為——今天是我的生日。

一個難忘的生日回憶！

二、義診

十一月份，和三位醫官到臺中市的某眷村義診，我不會診治病因，也不會拿藥，於是我負責我的拿手好戲——量血壓。想起一年前假扮醫官幫長官量血壓的糗事，就一再提醒自己不可再犯錯。

晚上七點鐘到達眷村，路邊幾張簡單的桌椅擺設就是我們看診的場所，經過村長在眷村大聲告知義診的消息後，許多上了年紀的老先生、老太太便陸續來到我們面前。

這次，我特別謹慎使用血壓計，果然都順利地幫他們測得血壓，只不過許多人臉上都出現納悶的表情表示：「奇怪？怎麼今天的血壓都特別高？之前在醫院量得的數值都是正常的啊！」難道我又出狀況了嗎？不會吧！我已經特別小心了，就算真的不對勁，我也想不出哪裡有問題。

為了安撫人心，我只得再度想一些合理的理由。

「伯伯，您剛剛吃過飯，所以血壓會升高，這是正常現象，放心好了。」

「可能是您剛從家中過來，走得太快，血壓才會上升，稍微休息一下我再幫您量一次。」

義診結束後，我告訴醫官：「他們說今天血壓都變得特別高，我真耽心自己是不是又出了什麼差錯！」

「不用怕！當得知血壓變高，該耽心的應該是他們自己！」

小黑

當我們四目交會時，你可否感受到我正對你細細訴說著千言萬語？

小黑是一個可愛的女生，一隻被我收留的小野狗。

由於成功嶺的野狗氾濫，不時可見成群野狗在營區內穿梭遊蕩，尤其在升旗典禮，所有人在司令臺前立正站好，所有野狗卻在司令臺前到處亂跑，由於有礙觀瞻，所以指揮官下令捕捉野狗。那麼，這項業務該由誰負責呢？經師部各位大官互踢皮球，最後竟落到醫防官頭上，只因他那天正好休假不在，被陷害了。

也罷，捕捉野狗也算是維護環境整潔，勉強和醫防業務搭上一點關係。之後，各單位捕獲的野狗都送到衛生連統一集中，等到達一定數量，再由醫官將牠們送至環保局。就這樣，我的業務又多出一項：將各單位捕捉野狗的數目報上去給師部長官看。

在沒有特別獎勵的情況下，誰會閒閒沒事做特地跑去捉野狗？落得數量不多，成果不豐，不得已，每次提報只好編一編數據呈報上去。

各單位送來的狗大都是碰巧抓到的，不是殘障狗就是幼犬，還有人抓到野貓。起初，通通綁在連集合場前面空地的樹下，可是，畢竟貓與狗是個性截然不同的動物：野貓常會忘記自己脖

▲小黑有一雙無辜的眼神。

子上綁著一條繩子，每隔一段時間就想用力跳走，接著被繩子緊緊一勒，又倒回原地，三番兩次地，愈勒愈緊，大約一、兩天就死掉。為了避免處理上的困難，後來決定不收留野貓，抓貓者一律自行帶回。

剛開始只是為了應付業務上的統計，無暇理會那些又髒又臭全身狗蝨的野狗。一直到十一月底，剛好有人抓來一隻大花狗及一隻小黑狗，離退伍不到一個月，沒業務也沒工作壓力，閒來無事就逗逗小黑狗，餵她吃東西，看到她可愛的模樣，不禁讓我升起一股憐愛之心。

小黑原本很怕陌生人，一見有人走近，就膽怯地連連退後，經過我幾次餵食，漸漸認得我，眼神由懷疑慢慢變為友善，最後可以玩在一塊兒。

小黑身上沒有太多狗蝨，算起來是隻乾淨的狗，加上她那一雙無辜的眼神，輕易地就擄獲連上許多人的喜愛。幾乎每個午休時間，我都牽著她在連上散步，小黑可能是成功嶺上最幸福的野狗，在一片捕狗聲中，她竟能在這得天獨厚的衛生連內悠閒散步；而我，竟也藉這全師唯一合法收留野狗的衛生連之老班長身份，得以養寵物，一份可遇不可求的緣份！

小黑很聰明，見我伸出左手，她便伸出左腳與我握手；見我伸出右手，她便伸出右腳與我握手，若換成別人，她是連理都不理。有一次，我心血來潮把她抓去洗澡，嚇得她一直發抖，想盡辦法要逃脫，當然，我也被她甩得全身溼透。

抱著小黑，心頭便有一種滿足感，我無法將它歸到哪種情感的類別上，只知道她嬌嫩的神情硬是讓我卸下兩年來刻意武裝起來的柔情，情感的閘門一旦被開啟一個小洞，汨汨潮水就將滾滾而至，如果意念可以靠光子傳送，當我們四目交會時，你可否感受到我正對你細細訴說著千言萬語？

接連幾隻野狗被送去環保局之後，小黑終是被我強力留下來，因為我曾向連長稱說退伍後要將她帶回去養，小黑才得以暫時保命，否則，只要被送去環保局的野狗，下場都很悲慘！

退伍當天晚上領過退伍令，我把小黑裝在箱子內帶出營區，由於家裡不能養狗，也找不到願意收留的朋友，所以只有幫她在她脖子套上頸圈，減少被抓走的機會，忍痛將她放生。最後的道別，我抱著她講了好多話，說明自己的難處，叫她自己保重，她則是搖著尾巴，用那一貫無辜的眼神望著我，相形之下，我心中增加不少的罪愆。

我還記得她一直緊跟在我腳步後面，直到我故意走進一

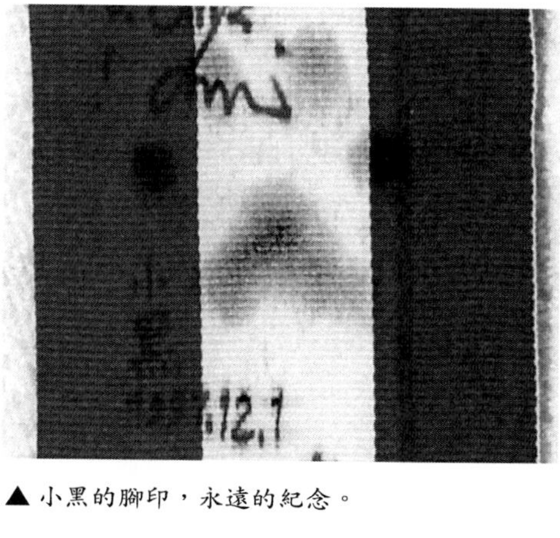

▲小黑的腳印，永遠的紀念。

家超商買東西，才狠心地擺脫她，面對一個沒有把握的結局，卻甘心在一開始流於放縱，愈陷愈深，要將一段情感硬生生地扯斷是多麼難過的事！

多情無罪，錯只錯在這個無情的時間點，「哼！如果沒有把握，不要輕易愛上一個動物！」我暗暗苦笑自己的愚昧。

可是，我怎麼這麼糊塗！竟然將她放生在車水馬龍的馬路邊，多危險啊！她這麼小，全然不懂求生之道，一個不小心，連命都沒有。

我只能默默為她禱告，但願她能順利成為一隻適應環境的野狗，自由自在地奔跑在屬於自己的世界裡。

領導統御

總要對自己的職責有所交待，才不會愧對良心。

一

在一個偶然的機會，聽到某位幹訓班的幹部說過：「一個班長應該像一朵帶刺玫瑰，外表耀眼壯麗，但是處理事情卻能如帶刺般犀利。」

下士班長是最基層的幹部，幾乎所有工作都要由班長帶頭下去指導監督，除此之外，還具有示範的角色——服裝儀容、言行舉止等，無不成為阿兵哥彷效的對象，所以說，一個出色的班長，他的自我要求一定很嚴格。

當我還是新兵，總覺得班長們很神氣，對我們的要求很多，不論是合理的或是不合理的命令，只要他們一開口，我們就得乖乖照辦，表面恭敬，卻怨在心底。

可是等我下部隊，剛升下士之初，卻感到自己完全不知如何去指揮部隊，絲毫神氣不起來，有的只是被任務牽著走、被長官罵、被兵嘲弄。

這也難怪，我所面對的士兵幾乎都是自己的學長，哪有這個膽子去管他們？

或許你會感到疑惑，為什麼一個菜班長會對老兵有所顧忌？打個比方，就如同中年級的幹部只敢大聲命令低年級的學弟妹做事，絕不敢斥責高年級的學長姐，更何況，老兵的經驗豐富，若是他們存心要壞事，菜班長一定吃不完兜著走。

所以通常班長與老兵都站在同一線，班長儘量給老兵方便，老兵們則替他撐腰。

這種巧妙的關係完全建立在菜班長平日的表現上，記得我剛升下士時，學長們私下告訴我：「只要你的表現夠稱職，我們就挺你；不然，我們會讓你爛得更快！」

於是菜班長常常夾在軍官與老兵之間：軍官會將老兵不配合規定歸咎於班長的縱容；而老兵們則把不滿軍官的所做所為遷怒於班長。

我常思考為什麼柯班長、江班長和董胖子管理起來會比我得心應手的原因：一、柯班長是全連資歷最深的士官，是我所謂『老兵』們的學長，自然沒有人敢不聽他的話；二、江班長的表現夠稱職，條理分明，又能以身做則，凡事比別人認真，自然得到大家的敬重；三、董胖子懂得如何迎合學長，不時可見他出手大方將每個學長餵得飽飽的，又懂得如何玩弄新兵，以滿足當年老兵們還是菜鳥時被要求得死去活來的補償心理。

剛開始站在部隊面前宣佈事情常被吐槽得滿地找牙，一點兒尊嚴也沒有，學長們會認為我太軟弱，不會操新兵、不敢玩弄新兵因而失去班長的威信，可是要我對這群共患難的菜鳥弟兄忘記「義氣」兩字怎麼寫，實在難以做到！我記得小黃曾對我說過：「下次你可以在晚點名時用力罵我沒有關係，反正我已經被罵習慣了。你剛升班長，可不要被學長瞧不起！」光憑這句充滿情義的話，叫我如何狠下心故意找他們麻煩呢？

後來我領悟到，必須一面學習江班長獨當一面的處事能力，一面跟學長們打好人際關係，既然我做不到出手闊氣、逢迎諂媚，那對他們有禮貌，閒遐時間聊聊天倒不是難事。三、四個月後，我開始可以摸清老兵的心理，該放鬆、該拉緊，說話的態度都能掌控得比以前好。

隨著時間的腳步，老兵退伍，新兵進來，人事的更替只在一瞬間。當我成為老班長，當當初的菜鳥變成老鳥時，我得試著面對另一個新問題：我該迎合老兵的口味去刁難新兵嗎？答案當然是否定的。那我又該如何善用班長的權限去拿捏新、舊之間的關係？我不希望因此失去老兵的向心力，也不希望新兵步上當年我們的後塵，被欺壓得苦不堪言，更不希望新兵會將「方便」當成「隨便」。

我反省了從前與現在的人事變遷，決定在新進弟兄剛到連上時先來個下馬威，讓他們不敢打混摸魚，該處罰的當然要處罰，但是我一再警惕自己要施以人性化的處罰，罰寫守則絕對不會罰他們寫五十遍、一百遍，頂多五遍、十遍，罰寫幾遍不是重點，重點是罰寫有沒有達到目的，假如你能熟背守則，就算寫不完整也無所謂。有時候看他們平時真的很用心在工作，便睜一隻眼閉一隻眼，放鬆對他們的處份，至於那些屢勸不聽的人，只有報請排長處理，畢竟，班長的權力有限，超過職權就是犯法。

我不敢說自己做得有模有樣，被罵、被訓斥的情形還是偶爾會出現，不過，無論如何，總要對自己的職責有所交待，才不會愧對良心。

二

在我破百之後，終日閒閒沒事做，吃零食、看報紙，日子很愜意。

偏偏這個時候連上的軍官們與士兵們互有心結——軍官們認為士兵們太混、太囂張、一點規矩都沒有；士兵們則認為軍官們人數太多又不能以身做則，只會靠階級壓人。表面上相安無事，私底下則勾心鬥角。

身為夾在兩者之間的弱勢士官團體，我很難定位自己該偏向哪邊才好。唉！反正堅守兩邊都不得罪的原則，沉住氣再過幾天就退伍，屆時煩惱自然消失。

其實，看在我眼裡，兩方都有錯，都缺乏自省能力。

快要退伍了，碰巧連長被調走，由原來的排長暫代連長職務，這天入夜後，被他叫到連長室吃羊肉爐，邊吃邊聊。

「最近聽到有人在抱怨工作太多的事，你認為軍官該不該自己洗餐盤？」

「應該呀！自己的事情自己做嘛！要不然當兵是當假的？」我很本能地反應。

「那連長呢？」他問。

「嗯，我覺得…可以不用。」我猶疑了一下。

「為什麼？連長不是軍官嗎？如果連長要洗的話，那師長呢？指揮官呢？總司令呢？他們要不要自己洗餐盤？」

我愣住了，這是非常矛盾的問題，一時之間答不出來。

這個問題我想了很久，後來才理出了個頭緒。

基本上，「自己的事情自己做」是天經地義的道理。但是在軍中因為存有階級制度，許多看似卑賤的工作都由士兵代勞，諸如；倒菜渣、洗餐盤、掃廁所等等。

原則上，我同意軍官不用洗餐盤，因為階級是國家所賦予，本來就享有這份權利。

只不過，若能放下身段，將自己使用的餐盤洗乾淨——雖然是小事情，但是必能贏得人心，受到大家的尊敬，縱使自己不洗餐盤，也要對幫你洗餐盤的人心存感激，許多事情並非「理所當然」四個字可以一語帶過的。

反觀很多人，從平凡老百姓進入軍中社會，在取得一官半職後便趾高氣昂，不可一世，遇人就喜歡擺架子，自抬身價還不打緊，糟糕的是濫用職權。

我常鼓勵身旁朋友多去考預官，若考不取預官也要儘量爭取當士官的機會，可是，如果你只會以階級之名行壓榨之實，那還是當個小兵就好。

班長之風、幹部之風都要能以身做則、能同甘共苦、能明辨是非、能賞罰分明。

「領導統御」，實在是一門智慧的學問。

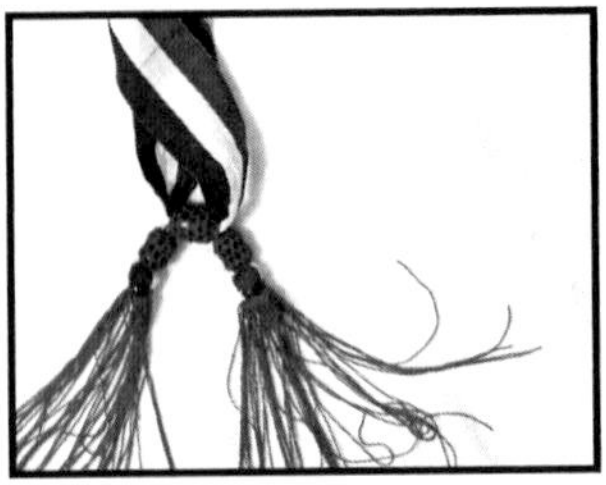

人在江湖身不由己，退伍後的世界才是真實的。

莒光日與莒光作文簿

一、莒光日

每個星期四稱為「莒光日」。這天不用操課，只須在室內上一些政戰課程，雖然這天可以暫時免除身體上的勞累，但是思想上的教育還真是讓人覺得既無奈又可笑。

首先登場的是電視教學前的「晨間領讀」。輔導長會叫一個阿兵哥上台念《革命軍》裡特地為莒光日準備的文章，這些文章不外是國父、蔣公的著作或是總統、院長的致詞稿，再不然就是部長、總司令的訓示文，反正都是一大段自以為充滿深切期許、足以做為國軍官兵精神指標的美麗文字。

《革命軍》是一本薄薄的月刊，裡頭都是忠勇愛國、軍紀教育之類的文章，每個人都會在當月結束之前領到下個月的《革命軍》，然而大家一拿到新的月刊，一定先翻到趣味天地，看完當期的笑話後這本書對我們就沒有太大的意義了。

晨間領讀時，規定每個人要拿著紅筆跟著領讀人圈點標點符號，念到哪裡圈到哪裡，沒有圈點的人會被認為是沒有念過這篇文章，所以大家的冊子上都塗得滿滿的紅圈圈，但是沒人知道文章內容在寫什麼。

到了八點十分，該是收看華視「莒光園地」電視教學的時間，規定所有人要跟著唱節目的片頭曲，原本我覺得很納悶，看電視就看電視幹嘛唱歌？後來我才發現其中的奧妙之處，因為大聲唱歌可以提神，如果不趁這個時候提振精神，待會兒鐵定會看節目看到打瞌睡，欲睡不能是種很痛苦的處罰。

「莒光園地」裡，政戰教育佔了絕大部份，其餘的單元都還不錯。節目結束後，輔導長會點人上台報告看完節目的心得感言。被點到的人上台後通常都講得言不由衷，口是心非，鬼扯一堆稱讚節目、反省自己的話。

「看完今天的莒光園地，我覺得很有意義，收穫很多，原來軍紀教育是這麼的重要，軍紀是軍隊的命脈，靠它才能維持軍隊的榮譽，我們一定要遵守軍中的規定，聽從上級的指導，做一個守法守紀的軍人。」

接下來是分組討論時間，一個連隊分成幾組各自帶開，討論當週所規定的題目，其實大家都在聊天打屁，等督導人員來到連上，才會裝模作樣假裝討論得很熱烈，下午則是在中山室聽輔導長進行政令宣導、思想教育。

一整天下來算是很輕鬆的，只是這天政戰督導特別多，隨時都得提心吊膽，不小心被點到名，背不出政戰相關規定就吃不完兜著走了。

二、莒光作文簿

新兵入伍的第一天，輔導長發給每個人一本空白的莒光作文簿並告訴我們：「在軍中，每個星期一晚上稱為『莒光夜』，每到莒光夜就要寫莒光作文簿！每週寫一篇，寫到退伍正好可以寫完，也就剛好可以順便帶回去做紀念，今後不管你分發到何處、或是下部隊在何處，這本莒光作文簿都會一直跟著你兩年，裡頭專門讓各位抒發對日常生活的心得，如果對軍隊生活有任何問題想告訴輔導長的，也可以寫在裡頭！」

說明白些，這本莒光作文簿又是政戰在控制思想的玩意兒，裡頭所規定的每週一頁包括了兩個部份——前半部要以莒光日分組討論的題目為主題寫一篇文章；後半部則是要寫本週生活的心得。

其實寫個短短十行的作文對我並不會造成負擔，倒是其他弟兄，好多人不會寫文章，有的人還不識字，叫他們寫作文真是要老命！

每回遇到要寫莒光作文簿，就會看到每個人都拿起《革命軍》東抄西抄，抄到文不對題，抄到不知所云，還經常會發生抄到同一篇文章的事。

剛開始我還不知道這個狀況，等寫完作文，上級批閱回來，評語是：「寫得非常好！」讓我受寵若驚。

新兵時期，我寫的作文都中規中矩，不乏有歌功頌德、八股型式的文章。可是到了衛校，由於是度假中心，輔導長為了省時省事，便將莒光作文簿交由各班班頭批改，既然是同學批改，自然也不會去看所寫的內容，只管圈點標點符號，隨便寫個評語就好。有一天，我因為無聊想找個樂子玩玩，忽然心生一計，便把腦筋動到莒光作文簿上，決定寫一些合情合理的白癡文章：

題目：你對國軍五大信念有何看法

寫作日期：八十五年四月十五日

什麼是國軍五大信念呢？五大信念就是有五個很大的信念，它們不是小的，所以就稱為五大信念。五大信念是五個非常好的觀念，所以身為軍人，一定要恪遵它們，因為假如遵守五大信念，就能很快地完成國軍使命，反攻大陸；反之，若不遵守五大信念，就會很慢地完成國軍使命，不能反攻大陸。總而言之，我對五大信念的看法就是：身為軍人，大家都要實踐它。

講了半天，也沒有寫出五大信念是什麼東西，接著幾週我都玩相同的遊戲：

題目：你覺得軍人與總統有何關係

寫作日期：八十五年四月廿九日

軍人與總統的關係非常密切，總統是軍人的最高統帥，而軍人則是被總統統帥的人，兩者之間有著密不可分的關係。因為軍人若不聽從總統的領導，則可能發生政變，換句話說，若是軍人聽從總統的領導，就不會發生政變。所以說軍人和總統的關係很密切，非常密切。總而言之，兩者有著密不可分的關係。

題目：你認為黃埔精神的意涵為何？

寫作日期：八十五年五月六日

大家都知道，黃埔精神是非常崇高偉大的，它代表革命軍的精神，所以是很偉大的。從民初至今，黃埔精神一直在軍人們的心目中，國軍弟兄都知道黃埔精神是偉大的，所以黃埔精神是非常高深的，也就是非常有內涵，只要讀過一點點歷史的人都會知道黃埔精神的意涵是什麼，所以在此也不用多說。

題目：何謂逃亡？

寫作日期：八十五年五月廿日

逃亡就是脫離部隊掌握，逃去躲起來，避開軍隊的控制，這就是逃亡。逃亡是一種不好的行為，是一種違法的行為，因為脫離部隊的掌握，人家就不知道你的去向，想要向你討債就找不到人啦！所以說，逃亡是一種非常不好、非常可恥的行為、非常低級的行為。身為軍人，絕不能有這種可恥、低級、不好的行為發生。

在衛校可以玩這種遊戲，可是一旦下部隊，到了陌生環境，我可不敢再胡來。下部隊的第一篇作文，我又恢復到原來的乖孩子：

題目：我們應對逃亡原因進行檢討分析　寫作日期：八十五年五月廿八日

逃亡，是部隊戰力的一大隱憂。逃亡的原因可能是受不了軍事管理的方式而感到壓力太沉重。可是，逃亡只是一種鴕鳥式躲避問題的行為，根本不能解決問題。我想，部隊的管理方式應該要本著人性化，讓各位弟兄能了解服兵役是國民應盡的義務，每個人都該負起這個光榮的任務。另外，對一些心理壓力大的弟兄，要多予以適度的輔導，這樣才能讓逃亡的事情減到最少。

另外，莒光作文簿上還有一些空白處，規定要貼一些日常生活的照片，因為「這樣子可以為軍中生活留下美好的回憶」，於是很多人都將自己私藏的珍貴照片貼上去，譬如「我與女朋友」、「我的全家福」等等，除了貫徹命令，還可以達到炫耀的效果。但在我的想法裡，認為將這些有意義的照片和這些沒意義的文章擺在一起，真是太糟蹋這些照片的價值了！所以，我回家找了一些以前拍失敗的照片貼上去，對我而言既可交差又沒有損失，是最好的辦法。

莒光作文簿的最後一頁是「家長查閱紀錄」，規定每三個月要配合休假帶回去讓家長查閱，以瞭解其子弟在營學習進步的情形，除了有家長意見欄，還有簽名欄。想也知道這又是為了督導所設計的東西！沒有人會想將這本簿子帶回去讓家長查閱，相信也沒有家長會以這本簿子上的東西當作子弟在營學習進步的依據。最後當然都是自己簽名，自己寫意見囉！剛開始我在意見欄上都寫「良好」，後來愈寫愈離譜，「內容充實，題材真摯」、「文筆不凡，感人至深」、「思想成熟，必成大器」都被我寫上去，反正這都是以家長的名義寫的，督導官也無從查起。

自認為整本莒光作文簿裡，只有在即將退伍，也就是最後一篇的生活雜記是發自內心所寫的：

莒光作文簿寫到最後一頁，理應作些結尾。回顧兩年來的作文簿，記載了許多起起落落的心情，其中，關於「業務」的題材佔了四個多月，那段時期，真是不堪回首！生活裡充滿怨恨及無奈；「射擊隊」的日記，是一段彷彿回到新兵時期的回憶；「衛校」的時光，是兩年來最快樂的經歷。

兩年的時間下來，覺得失去很多，得到很少，對於一切畸形的遊戲規則和莫名其妙的命令，只能表示「深感遺憾」、「深感無奈」之類的心情，「人在江湖身不由己」，退伍後的世界才是真實的。

對吧！退伍後的世界才是真實的。

命尚未成

退伍

角色的轉變，成長的歷練，歲月的痕跡總會讓人產生後繼無人之慨。

八十六年十二月十八日，這一天讓我盼望兩年。

要退伍的人最偉大了！除了例行性的公事，並沒有其他事情做，整天晃來晃去也沒人管。偏偏這個時候連上輪到靶場集訓以及準備十二月份即將來臨的軍團裝檢，緊接著還有月底的大專寒訓，全連上下忙成一團，唯獨三個要退伍的老兵最輕鬆，不用費心，不用出力，受到其他人的羨慕。

就要離開，該快樂還是難過呢？能脫離無聊虛假的生活，的確值得慶賀，對於曾經共患難的弟兄，倒有一份不捨之情，利用倒數的日子裡，我買了兩條值星帶，請大夥兒簽名，還將小黑的掌印印上去，以做為紀念。

退伍是一個結束也是另一個開始，尤其是我，告別軍旅生活的戰場，得馬上重拾書本回到升學的考場。即將退伍的人都很徬徨，不知道下一步該如何走，能否在最短的時間內重新適應社會生活，在眾人投以羨慕的眼光時，怎能瞭解我們心中的感受呢？

那天，阿泰拿了一個玉戒指送我。

「要退伍了，這個給你！」

「不好吧，這麼貴重的東西。」

「沒關係啦，我自己家裡是在做玉石加工的，這種東西我家裡一大堆，這不算什麼啦！我只是覺得連上只有你比較不會歪哥才送你的，放心收下啦！」

看著廣闊的成功嶺，回想兩年來的種種：曾經被罰過，被欺負過；被稱讚過，也被獎賞過；曾經耐著最大的性子去忍受別人的脾氣、鼓起最大的勇氣去嘗試不敢做的事；從被學長抱怨：「一代不如一代。」到要向學弟們抱怨相同的話。角色的轉變，成長的歷練，歲月的痕跡總會讓人產生後繼無人之慨。

試問自己兩年來得到什麼？除了稍懂一點醫療常識及打字速度比一般人快一些外，好像沒有了吧！那我又失去什麼呢？時間吧！大部份的時間都花在沒有用的資料和任務上，為了大專集訓，差點兒還賠上健康。

有人認為我在軍中學會吃苦耐勞，將來在社會上才能保有韌性，才不會輕易被各種壓力擊垮。可是，我卻認為我是在外頭學會吃苦耐勞，才能忍受軍中種種無理的要求，有驚無險地度過這兩年。

所以到頭來，失去的比得到的更多。

通常，連上長官都會請即將退伍的老兵向全連弟兄發表退伍感言。

我老早就想好了，我要痛批表裡不一的體制，直言黑暗的一面，把心中所有不滿全部發洩出來。但是，退伍前一天的晚點名，當我被叫上去發表感言時，卻臨時改變心意，簡單感謝幾位曾經共患難的弟兄而已。

因為就算我逞一時口舌之快，也不會對軍中這個封閉的大環境有絲毫影響，倒不如以感謝的心情為軍旅生涯畫上句點。

明日的太陽依舊會出現在成功嶺的那頭，連上弟兄仍然日復一日過著規律的生活。我退伍了，果真是揮揮衣袖不帶走一片雲彩，回首過去只帶走一段回憶。

天下無不散的宴席。好聚，終須好散。

重返草綠色

混兵大集合 第一次教召日記。

九十二年八月，也就是退伍後第六年，我收到第一次的後備軍人教育召集令，九月中旬要報到，一共維期十天的訓練。

當時得知這個消息還挺期待的，因為教召嘛，應該不會像當兵一樣辛苦，一定很有趣，就當做去玩十天吧，趁機擺脫工作壓力也不錯，換個生活方式也不見得不好。

之後的每個假日，都趁晚上去附近學校跑步，開始調適體能狀況、增強心肺功能、舒活筋骨，汗流浹背的感覺才能體會運動強身的真諦。

原本不把教召當一回事的我，隨著時間一天天逼近，倒也開始緊張起來，雖說教召不似當兵，但誰知道呢？一但進入軍中的環境誰能預料會發生什麼事？會不會有意外？

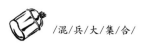

在朋友面前總是帶著笑容說自己滿懷期待，但其實只是千言萬語無從開口的假象，只有講些言不由衷的話來搪塞。笑容，也變得僵硬起來，這一切彷彿重新上演六年前入伍前夕的心情，低迷的情緒如同陰影般回籠在心頭。

十天耶！自從我來到台北還不曾離開這麼久，忽然有種莫名的悲涼在心中湧起：一個人，說來就來說走就走，有誰會在乎這個地方有一個人消失了十天？

趁這幾天的假日，我試著尋找曾經屬於我在台北，這個社區裡的回憶：再去走一次熟悉的街道、再去繞一繞花市、再去吃一次茄汁牛肉麵、再去碧湖公園散散步、再去大直逛一逛。最後的時刻希望能留一點東西給這裡，哪怕是一張隨筆畫、一張相片、一束花，或者只是一個微笑。

不過是十天的「戰鬥營」而已！我問自己：在憂心什麼？在害怕什麼？或者說明確一點：「你到底捨不下什麼？」

不知道，一切都歸咎於多愁善感的大腦情愫，我相信這十天將會是我工作及生活的一個小分水嶺，十天之後，我會帶回更多豐富的回憶。

第一天 適應與回憶

教召令上規訂早上八點鐘要報到，於是早上六點鐘就起床，吃了幾口早餐，攔了一輛計程車前往營區。一路上望著窗外微涼的景色，心中依舊懷著些許忐忑，事隔六年再度踏進軍營，任誰都不會喜歡的。

報到地點在第一棟營舍，首先由長官為我們解說一些注意事項：教召員在法律上視同現役軍人，只有十天而已，不要犯法，接著按照流程圖一站一站去報到核對身份資料。

我來到第一站，班長拿了一把步槍叫我大部分解再組合回去，當我接過步槍，一股既陌生又熟悉的感覺浮現心頭。大部分解？這是最基本的功夫，可是怎麼一時想不起來，嗯，不要急，慢慢來，我以前可是待過射擊隊的喔！這種小事怎麼可能難得了我？

在槍上摸了老半天，不得不承認我已經忘光了，完全不曉得從何下手，班長看我猶豫老半天，馬上提醒我要先按某個按鈕。啊！對啦，就是這個步驟啦！

按下這個鈕，我又愣在那裡，再來呢？我真的忘了，尷尬地對他笑一笑，班長見狀只好示範一次給我看。

「好，接著請你組合回去！」我試了好幾回都無法組合回去，真糗！或許是他怕我把槍弄壞，莫可奈何的情況下：「好了好了，槍交給我就行了，我幫你組合回去，你過關了，請往下一站報到。」

核對身份無誤，由一位士官帶我到我的寢室，沿著名條找到我的床位及內務櫃，床上放著兩套迷彩裝、膠鞋、鋼盔、臉盆、鋼杯、S腰帶，還有兩套全新的內衣褲與黑襪子，所有裝備一應俱全。我整理一下行李，換上迷彩服，穿上膠鞋，帶上識別證，整裝完畢，久違的軍人氣質好像又回到身上來了。

一間寢室大約三十個床位，同梯次的教召員陸續報到，大夥兒換好裝後也沒接到上級指示，於是躺的躺睡的睡，抽菸亂晃，聊天打屁認識新鄰居，這個場面持續到中午用餐。

由於教召員只有十天的軍人身份，一般來講，軍中的長官並不會要求太多，只要不違反法律就好了，多半睜隻眼閉隻眼，處處善待教召弟兄，客氣得很！棉被蚊帳摺好就好，不奢求捏角捏線標齊對正；行進時會走路就好，不奢求步伐一致唱歌答數；打掃的時候手中有拿掃把就好，不奢求乾淨清潔；白天上課為避免大家曬太陽熱昏頭，一律帶到陰涼處，若沒有陰涼處，就會叫現役的阿兵哥幫我們搭帳棚，全部人躲在裡頭上課；體能，為減低出意外的機率，只要做做伸展操，走走路就好，連跑步都省了；頭髮，別提了，只有十天而已誰管你什麼髮型，長髮、染髮、平頭、光頭都隨便你。

每個人都當過兵，該精實的地方絕對會做個樣子出來，不會讓長官太難堪，這些道理我們都懂，可是，能打混摸魚的時候也絕對是跟一般老百姓沒兩樣，甚至有過之而無不及，反正長官頂多給予口頭勸導，不痛不癢。

下午是開訓典禮，所有教召員要戴鋼盔、紮S腰帶，還要持槍，全體站在司令臺前，恭迎副參謀長前來校閱部隊。據說十天的訓練只有第一天的開訓典禮比較累，熬過以後就輕鬆了。

兩點鐘午睡起來，著裝完畢，全體帶至司令台前演練。再次戴上鋼盔實在很不適應，好像孫悟空的緊箍咒牢牢嵌在頭頂，衍生的痛麻一波一波傳入心坎，一有機會便儘可能地扭動脖子看能不能讓鋼盔的著力點移個位置，分攤這個有如泰山壓頂的巨型重物。

接過六五步槍，又是一項折磨，久未持重物的右手要托住一根重三點五公斤的槍，真不是輕鬆的事，立正姿勢站久了，手肘關節開始覺得不自在，沒辦法，在這個重要的場合只有咬牙硬撐了。聽副參謀長在台上照稿唸經，底下的我們雖然外表嚴肅，內心卻只期盼趕快回去休息。

晚上的課程安排由輔導長宣導一些後備軍人該注意的事項，九點鐘實施晚點名。

「晚點名！我愛中華，我愛中華，預備——唱！」當營值星官下起這道熟悉的口令，所有人的精神全都來了，像是反射動作般，大聲唱開。

「呼口號，奉行三民主義！」「奉行三民主義！」

「服從政府領導！」「服從政府領導！」

「保衛國家安全！」「保衛國家安全！」

「完成統一大業！」「完成統一大業！」

這幾句舉手呼口號是晚點名的例行動作，當兵當了兩年，呼口號就呼了兩年。不管現今政治局勢是否符合這四句口號的內容，此時已經不重要了，重要的是這短短廿四個字裡讓我們想起從前許多事，共同的回憶在口號聲中顯得特別清析，也特別值得回味。

晚點名後急著去洗澡，但還是慢了一步，熱水被別人用完了，只好洗冷水澡。呼！冷得讓我直打顫，這種環境下就是這樣，當你一轉開水龍頭，縱然知道它是冷水也顧不了這麼多，咬緊牙根勇往直前淋下去就是了。如果是平常在家裡，知道只有冷水可能還會考慮要不要洗澡，就算洗也是儘量躲開冷水避免直接沖到身體，然後才一點一滴慢慢適應溫度。粗獷與秀氣，在不同的環境下判若兩人。

就寢時間躺在蚊帳裡失眠，既熟悉又陌生的第一天只有「適應」與「回憶」兩大主題在時間軸的兩端並行，再想起我在《草綠色的回憶》裡的第一天，兩相對照之下可謂感觸良多，十天的後備軍人，回憶的速食餐，足夠了，十天真的足夠我再回味那段日子，十天真的不多也不少。

情緒有點低落，忽然有種強烈的慾望想聽久石讓的「銀河鐵道之夜」。

而後，昏昏淺淺地睡著。

◆

第二天　開始厭倦

五點半起床，五點五十分樓下集合完畢。

大家隨性整理內務，匆容地洗臉刷牙，然後開始耗時間，一群煙槍聚在樓梯口吞雲吐霧。

我討厭菸味，於是隔著一段距離在陽台看晨景。

早點名要唱「陸軍軍歌」，這首歌跟「我愛中華」有著同等地位。升旗之後由連長帶我們做操及三十下伏地挺身，由於只有三十下，大夥兒都拼命做，總不好意思第一個早晨就說做不下去吧，那未免有損當兵兩年的尊嚴。

「繞操場走一圈，邊走邊活動！」由值星官帶全體開始「散步」。我們好像把膠鞋當成拖鞋，一路走一路拖，不協調的步伐聲、拖鞋聲、講話聲響徹雲霄，興奮之情溢於言表，因為我們從來沒有在軍隊裡囂張得這麼心安理得過。

散步完畢分配打掃，我及四個同伴被分配到二樓的右半部的廁所及走廊，當我們手持掃帚晃到右邊廁所才發現：原來右半部幾乎沒人使用，所以廁所門都是鎖起來的。

「那只好掃走廊囉。」走廊很乾靜，掃了半天沒有掃到垃圾，倒是掃到一堆正在辛苦工作的螞蟻，成群螞蟻被集中之後，「要不要回去拿畚斗？」考慮了半天，講話聊天之際，螞蟻全部爬走了。

掃螞蟻就是有這個好處，假如遇到長官巡視，你可以有成果交差，證明自己有在掃地；若是沒有長官巡視，這些動物又會乖乖地自動爬回去各就各位，根本用不著再費工夫處理。

早上的課程是依照服兵役時的專長科目分開訓練，步槍專長、裝備專長、汽修專長、衛生專長、文書專長等，分類到屬於自己的專長後由教官各自帶開上課。

我是屬於衛生專長的，這項專長內的總共有五個人：三個士官及兩個軍官。教官帶我們到中山室，在牆上吊起掛圖，將安妮模型平放在地上，再把醫藥箱打開，「各位忍耐一下，這樣的陣式看起來比較好看啦。」

這堂課主要是要幫我們復習以前所學過的心肺復甦術，包括口訣、動作、操作安妮的順序。想起當年，三不五時就要抽背口訣、操作示範，外加保養裝備，所以如今只須看一下講義就可恢復印象，上這堂課這對已經熟悉整個操作流程的我們而言，只是浪費時間罷了，但這也是沒辦法的事，教官向我們講得很清楚，「雖然我知道你們都會了，但上級長官會來督導，如果看到沒用心上課，我鐵定會被營長狗幹一番。拜託你們配合一下啦！」為了體諒教官，我們很配合地坐在地上聽他講解。

雖然口訣流程都會了，但我想真實的急救現場絕不會這般簡單，一定有許多不可預期的狀況，那種臨場處理能力才是我所欠缺的，絕非在室內按壓安妮這樣容易。

或許是昨晚沒睡好，我邊上課邊打瞌睡，頭幾乎是黏在講義上，一覺醒來已經下課了。

十一點鐘結束上午所有課程，回到寢室還真不知道要做什麼，看大家說話的說話，抽菸的抽菸，閒得發慌，我呢，乾脆躺在床上休息，結果一不小心就睡著，睡一覺起來又到了吃午餐的時間。

「你覺不覺得我們這種生活好像在養豬?沒事做就睡覺，睡醒就吃飯，吃完後繼續又是午睡時間。」隔壁的阿偉有感而發地說。

他這番道理詮釋得真棒，才來一天我就已經被施予魔法，脫離人類轉而成豬了！

下午的課程是軍法教育，在餐廳聽一位軍法官演講，我知道他講得很用心，內容也很精彩，但沒有麥克風，我完全聽不到他在講什麼。我只是在臺下面向他假裝聽課，實際上腦子裡在想自己的事。

才第二天，我就浮現一個念頭：「我討厭當兵！」好煩喔！好無聊喔！好想出去透透氣喔！好想念親朋好友喔！

晚上的課程是「肝膽相照」，全連以輕鬆的方式聚在一起，這是與長官弟兄情感交流的時間，大家圍成一個圈，啃著雞排喝著珍奶，對接下來的活動靜觀其變。連長首先開口：「各位弟兄，我們難得有緣聚在一起，從來沒見過面的陌生人因為教召而被編列到同一個單位，今天才有機會一起坐在這裡。既然有這個『肝膽相照』的時間，不如大家互相認識一下，說不定將來在外頭會有生意往來，有個照應也不錯。待會兒，我們就輪流一個一個自我介紹一下。」

每到一個陌生環境，只要遇到類似的場合，反正也玩不起來，一開始一定是自我介紹，每個人說個兩分鐘，一個晚上就打發過去了，報上大名、家住哪裡、職業、興趣嗜好、已婚或未婚，或者有沒有女朋友。

晚點名後的一個小時又是空閒時間，不想太早上床就寢，便獨自在走廊陽臺觀看夜景，遠處的小山丘好似一尊半臥的巨人橫躺在那，無語對我微笑著；夜紗蘊藏豐富的生命力，蟲鳴的對話把黑色妝點得既陌生又安詳，凝視山區的星空，靜緻中帶點神秘，眾星朗月，明日將是個晴天，仰頭寄語天邊那顆最亮的星，此時此刻的你，是否也在相同的星空下思念遙遠的故人？

熬了幾天，明晚六點鐘休假，真期盼！

◆第三天 期待休假

早晨的晨間活動，連長依舊帶我們做操與伏地挺身。昨日的三十下伏地挺身經過一夜的沉澱，肩窩已經開始疼痛，今日再來三十下真是要命！正想用很丟臉的偷懶招式矇混過去，卻發現其他人早已經面露吃力狀，比我早先一步只靠屁股上下擺動，更混的人甚至乾脆趴在地上裝死。原來我們都是半斤八兩，退伍六年與退伍半年的體能退化速度其實是差不多的。

接著，混兵又要出發去散步遊操場了，拖著擺爛的步伐與凌亂的隊伍，這支「熊赳赳」的部隊一路上受到其他現役部隊異樣的眼光，「怎樣？不然你是幾梯的？還多久退伍？哼！菜逼巴的，離我遠一點！」

當部隊走入司令台前方，赫然發現指揮官就在前方。「喂，指揮官在前面，大家走好來，待會兒我喊向右看，你們就通通行注視禮。」值星官向全部的人喊道。這種注視禮是部隊行進間對上校以上的軍官問好的方式。

所有人馬上感受到大敵當前的壓力，說也奇怪，步伐在瞬間立刻調成一致，隊伍也在瞬間排整齊，以雄赳赳的姿態朝指揮官前進。

「向右——看！」

指揮官向我們回禮，面帶微笑予以嘉許。

遠離指揮官後，隊伍又在瞬間恢復原狀，人聲、笑聲、拖地聲，聲聲入耳，這種應變自如的能力對我們是輕而易舉，因為我們是老鳥中的老鳥嘛。

教召期間的伙食真不是蓋的，除了菜色豐富也兼顧營養。就拿早餐來講，每天固定有一瓶鮮奶揭開一天體力的開始，煎蛋、滷蛋、炸蛋、白煮蛋輪留上場，稀飯、麵食、銀絲捲、肉包不時交替在每天的早餐裡；其它如炭烤雞腿、豬排、雞排、滷豬腳等也經常出現在午餐與晚餐的菜色裡。在軍中能吃到這樣的伙食，應該要感謝現役弟兄們的辛苦，猜想他們背後一定承受不少長官的壓力。

為了因應下週一、三的實彈射擊，早上與下午都排滿射擊的課程，從槍枝最基本的大部分解開始講解，如何瞄準、如何叩板機、靶場規則通通從頭說一遍。隊伍之中從未摸過槍的大有人在，不講仔細點兒怎麼行。

「講了這麼多細節，各位如果還記不起來也不用擔心，到時候在靶場上有靶臺助教會指導你，有任何問題靶臺助教會幫你，至於清槍的動作各位也不用操心，到時候我們會派專員負責清槍。各位上到靶臺只管打就好了，其他的事都不用管！」營長做最後的總結。

「靶場離這裡多遠？要怎麼去？」某位弟兄提到這個問題。

「靶場在山下，一般來講，走路過去要四個小時，來回的路程總共是八小時。」

「喲！這麼遠！」底下馬上引起一陣騷動。

「但是呢，」營長繼續講，「為了顧及各位體能勞累可能影響射擊成績，我們會呈請上級調派大巴士載各位去。」

「好！」底下一陣歡呼。

我還是第一次聽到軍人坐大巴士去打靶的，好心虛，不過也挺得意的。

下午四點鐘，離營在即，人心開始浮動，營長也為了一些小事情在公開場合對幹部們破口大罵，搞得氣氛緊張兮兮的，說穿了也沒什麼大不了的事，大吼大叫看似威風，但只是濫用自己的權力在踐踏幹部們的尊嚴，糾正的方法有很多，用到的卻是最差的一種，實在沒有必要。

六點鐘一到，準時離開營區大門，奔向短暫美好的世界！

◆

第四天 短暫美好

假日時間，在家睡了個好覺，吃一些清淡的食物，還去理了平頭。我發覺平頭說起來還是最適合軍中生活的髮型。

◆

第五天 掙扎鬱悶

晚上八點半收假，七點半我已經在營區外徘徊。那扇大門，象徵兩個世界的交界，要再度踏進去是百般不願意啊！夜晚的山區，氣溫變涼，濃濃的秋意湧上心頭，蕭瑟寂寥，好比是每位回營的阿兵哥心情的寫照，一旦進去，面對的就是一場未知的遊戲，那個無形的枷鎖將會把許多束縛和你銬在一起，牢固且結實。

在營區門口照例要安全檢查，對負責檢查的阿兵哥來說是件為難的事：檢查太仔細會招致教召員的不滿；放水的話，萬一真的發生危安事件又難辭其咎。

說難聽點，教召員就如同惡霸，是惹不起的毒蛇猛獸，處處擺高架子，吃好的睡好的用好的，這些背後都是一堆現役阿兵哥做牛做馬辛苦換來的，不要以為服侍周到就好，還要提防他哪天看你不順眼反咬一口，告你一狀，弄到最後不論誰對誰錯，吃虧的都是現役軍人。

為了不為難那幾位負責安檢的弟兄，我主動把行李打開，一一展示攜帶物：衣服、褲子、襪子、筆計本，證明自己完全合法，然後心安理得走回營舍。

晚點名時，營長宣佈事情。

「明天實彈射擊啊，大家一定要嚴格遵守靶場紀律，確實注意安全。天地有情，子彈無情啊，不管誰出事情對大家都沒有好處！」

「還有啊，」營長繼續說道，「明天只是練習，讓各位聽聽槍聲，熟悉打靶的動作而已，打好打壞沒關係，但是大後天是鑑測，有算成績的，希望各位到時候要拿出真本領，不要讓我丟臉，待會兒沒事就早點就寢，好好休息，明早吃飽一點，靶場上多用心練習。報告完畢！」

晚點名後不過九點二十分，沒事做，那就早點就寢吧。

在軍中，有時間不睡覺等於是浪費自己的生命。

◆第六天　混兵打靶

早上天氣陰陰的，雲層裡分明積了一堆雨水卻要下不下，調足我們的胃口。「快下吧，如果下大雨就不用打靶了！」大家心中無不這樣期望。

吃過豐盛的早餐，值星官分派我們到指定的大巴士，一切就緒後準備出發。車子沿著道路往山下行駛，彎彎曲曲的小路晃得我們暈頭轉向，最好的方法便是「閉目養神，保持體力」。原本大家上車時還高高興興地談笑聊天，自以為是小學生要去遠足，沒想到才過十分鐘所有人又睡得東倒西歪，唉，這群混兵，除了睡覺不知道還會做什麼。

到了靶場，已經有一群新兵比我們更早到達，正在除草、佈靶、架槍、清點彈藥、整理場地及零碎的瑣事，同時還搭起三個臨時帳棚供我們遮陽擋雨，果真如營長所講，我們只要負責打就好，其它一切不用操心。

眼看一切就緒完畢，「嘩——」頓時天降大雨，淋得我們措手不及，紛紛躲進帳棚，營長見狀不得不一面宣佈暫緩射擊，一面下令新兵把帳蓬抬到靶臺上，以便待會兒打靶時有個遮雨棚可擋雨。

五分鐘後雨勢漸小，營長下達安全規定，開始射擊。

「第一波射手就位。」

「出槍試瞄！」

「六發——裝子彈！」

「左線預備！」

「右線預備！」

「全線預備！」

「砰砰砰砰砰砰砰砰砰砰砰砰砰砰砰…！」

靶場瞬間被巨大的槍聲及回音所吞噬，嗆鼻的煙硝味四起，然後慢慢散開在細細飄落的雨絲裡，在場所有教召員都被這震撼的第一波震得目瞪口呆，只差沒屁滾尿流。這種反應出現在多年未上靶場的我們身上是可以理解的，幸好今天只是練習，不然成績一定很難看。

輪到我上靶臺，儘管心中緊張的要死，卻還是一直深呼吸尋求放輕鬆的方法。「別怕，今天只是練習。別怕，我以前是射擊隊的…。」曾幾何時，「射擊隊」這個名詞已經成為我的精神寄託，縱然我從未因為「射擊隊」而有過出色的表現。

「開始射擊！」

「砰砰砰砰砰砰砰砰砰砰砰砰砰砰砰砰砰砰…！」

才第一槍我就耳鳴了。

我試圖瞄準靶心，可是不知怎麼搞的，右邊靶臺的煙全部飄到我面前，霧裡看花加上心急如焚，子彈打到哪裡去都不知道。

擊發第四顆子彈的瞬間，鄰近諸位射手的槍聲和回音正好與我在那個時間點上混成一股巨大的振波，從我耳朵鑽進，在體內爆開，耳鳴的威力硬生生將我轟得淚流如注，腦中一片空白，我看到初次拿槍打靶的我，在崎頂，大晴天，生澀緊張，強裝鎮定，被敲鋼盔警告，搞不清楚狀況…。

下靶臺後總算鬆了一口氣，再次聽到下一波射手的槍聲，好像也沒那麼恐懼了。

中午，我們到靶場專用的鋼棚下休息，中餐則是由營區內的阿兵哥特地準備便當從山上專車送下來，肚子餓了覺得特別好吃。

「用完餐可以在靶場範圍內走動一下，但嚴禁出去，大門口會派憲兵站崗。下午兩點鐘繼續實施實彈射擊！」營值星官下達這道命令。

吃完飯，我在靶場內四處晃晃，看看這個佈滿雜草的寬廣綠色世界，不知從哪兒冒出來一隻小黃狗，可愛的模樣引起許多人的圍觀，紛紛逗牠玩，請牠吃上等的剩飯剩菜，看在眼裡理所當然思念起小黑，那段曾經和我狗女兒的往事。

再逛下去也不是辦法，打發時間最好的方法就是睡個午覺。好幾位聰明的弟兄在樹蔭下搶先選了個好位置，迷彩服攤開鋪平，躺下就睡了起來。我們這些動作慢的只好眼睜睜看他們睡得舒服，找不到樹蔭難不成要去睡太陽底下？

這個時候，不知哪位找不到地方睡覺的仁兄竟跑去大巴士上跟駕駛商量，最後駕駛同意開冷氣讓我們上車睡午覺。這下可好了，塞翁失馬焉知非福，能在車上睡午覺實在是一大享受，混兵們無不爭先上車搶坐位，我也在行列中，覺得愈來愈對不起自己身為軍人的良心了。

下午兩點繼續打靶，上午未輪到射擊的人員按照波次靶位射擊，其餘的人則在一旁沒事做，待所有人員射擊完畢，營長將打靶成績一一報給我們聽，滿靶的人不多，零發的人倒是很多，我也是其中之一，反正是預料之中的事，也不用放在心上。

回營區後沒有什麼事做，一切放牛吃草，自由活動，上營站、盥洗、發呆、睡覺都隨你，悠閒到不知道自己在做什麼。

◆第七天　溫故知新

早上的課程是專長訓練，我們五員依舊在中山室聽教官上課，今天的課程內容是三角巾包紮法。

對於包紮法我是比較感興趣的，一方面它比較有趣，二方面它比較實用，一些像是頭部包紮、懸臂吊帶、手掌包紮、顏面包紮等等，都已經忘得差不多了，趁這個機會重新溫故。

下午則是專長鑑測，我們只要測心肺復甦術就好。為了讓我們再熟練，教官特地花一堂課從頭再講一次，第二堂課再進行考試，大致的步驟我們都懂，只是細節部份會突發性地忘記，只好臨時抱佛腳，拿著講義用心背誦反覆默讀。真正測驗是一個一個輪流上去操作的，每個人多少都會忘掉一些台詞，反正大體無誤就好了，分數並不是這麼重要。

當營值星官巡堂走進中山室時，正好輪到我操作，他坐在一旁觀看，並似懂非懂的問了一些問題。其實一些非軍醫科的大官對軍醫的事情並不太了解，態度好的大官，遇到不懂的地方會虛心請問，不至於刁難；態度不好的大官，遇到不懂的地方就會出現「官大學問大」的心態，靠階級裝懂，還會自以為是的糾正一堆，搞得我們莫名其妙。

下課後就是休閒時間，一些人和營長打壘球，其他人便做自己的事，不外是看電視、聊天、抽菸、睡覺、吃東西。我忽然想到可以利用這個時間來洗澡，雖然不一定有熱水，但總好過吃飽飯大家搶用浴室的場面，我到曬衣間取回昨日洗好的內衣，真糟糕，連日陰天衣服還沒乾，沒辦法，只好同一件內衣再穿一天囉，跟以前比較起來這也不算什麼大不了的事。

晚上是夜間教育，教官告訴我們在夜間作戰須注意的事項：如何用夜色掩護、行進間要放輕腳步、通訊間有線與無線要如何使用、遇到核彈爆炸又該如何躲避，其實我們心底都有數，如果真的親眼目睹核彈爆炸，只有乖乖等死的份，什麼找掩蔽物、遮住眼耳鼻都只是讓死狀好看一點罷了。

聽課乏味，於是抬頭看夜空，好一個寬廣的視野，在高樓大廈的叢林裡待久了，不知有多久沒有仔細欣賞過頭頂上這片天，真美！

◆

第八天　正式鑑測

今天是正式打靶鑑測，十天裡面最重要的一天。

跟前天一樣，坐大巴士沿山路到靶場。由於已經有過一天的經驗，今天再度聽到槍聲便習以為常，不再有太多恐懼，心情放輕鬆自然抵肩、貼腮、瞄準、扣板機這些動作都可以確實做好，另外，更重要的是槍枝的準心與瞻孔在前一次打靶後已經修正過了，偏彈的機率大幅下降，所以今天打靶大家都得心應手，成績還不錯。

中午休息，這次學乖了，沒人甘冒被蟲咬的皮肉痛主動去躺樹下，大家都往巴士裡頭鑽，柔軟的座椅加上宜人的冷氣，正是求之不得的休息場所。

下午回到營區之後也沒什麼事了，打球、抽菸、睡覺、聊天，不管有事沒事，這些時間總是要耗掉的。

晚間營輔導長播了一部電影給我們看，典型的警匪動作片，忘記叫什麼名字了，只有一堆爆破、械鬥、飛車追逐的劇情，看不出有什麼特別的內容，這種電影不看也罷。

這幾天入夜後天氣都轉涼，我左右兩位鄰兵都出現感冒的症狀，剩下兩天，我真的不想被傳染，解召時還帶病回家做紀念。

想起媽媽以前教過我：「睡覺前躺在床上，花個五分鐘把眼睛、鼻子、耳朵周圍的穴道壓一壓，身體會比較健康。」惟今之計也只有這樣了，於是我躺在床上拼命按壓臉上的穴道，不知壓了多久，在滿臉熱烘烘的情況下入眠，一覺到天亮。

◆

第九天　徬徨浮躁

接近尾聲了，可以明顯感受到大家心情開始浮燥。

早上是核生化測驗，就是背一些口訣給測驗官聽，他們聽完打個分數就算完成，測驗完畢就沒事了，大部份的時間我們都在玩猜字遊戲。

「5967！」

「2A1B。」

「1094！」

「3B。」

畢竟很久沒玩了，剛開始玩覺得很有意思，但是玩久了還真無聊，偏偏我的對手又一直輸我，說非要贏我才行，一局一局拉著我陪他玩，玩到後來索性故意輸他。

「你是故意輸我的嗎？」第一次輸他時，他疑惑地問著我。

「沒有啊，我真的猜不到。」聽我這麼講，他面露喜色。

「好，再來一盤，我愈來愈有信心了！」

拗不過他，只好再故意輸一盤，日行一善嘛。

連輸好幾盤後實在是無聊至極，隨便抓一位旁觀者來頂替我的位置，我則溜之大吉。

好不容易捱到中午，營長特地在今天為我們舉辦一個慶生餐會，九月份的壽星每人可得一份小禮物，或許不算高貴，但總歸是長官們的一片心意，合菜的菜色還不錯，餐後還有甜點、蛋糕，回顧幾天下來不知胖了幾公斤，總算是快要結束繼續增胖的命運了。

下午則繼續上午未完成的核生化測驗，大多數的人測驗完畢不是聊一些言不及義的話就是睡一場明知會頭暈的覺。

時間過得很快，不知不覺又到了晚餐時間，感覺肚子還撐著就又要再吃下一餐，面對眼前豐盛的佳餚實在心有餘而力不足，很多人都勉強喝個湯、吃點菜，等待下餐廳。

就寢時分躺在床上，在這最後一夜正好回想這些日子來的點點滴滴，習慣安逸的生活會產生矛盾害怕的心情，想到即將重新開始社會職場上壓力的生活，一顆心既期待又徬徨。

◆第十天　解召回家

最後一天啦，今晨的天空顯得特別晴朗，陽光顯得特別耀眼！

晨間的早點名、體操、打掃工作依舊，不因這是最後一天而取消，不過大家做歸做，卻是全部擺爛以對。

早上的行程是觀看「新武器介紹」，所有人到視聽室坐在沙發上，吹著冷氣，看著影片從投影機放映在螢幕上，內容是關於美國在沙漠風爆中的新式武器等等的，看著看著，又有一票人被周公抓去，這都要歸咎於沙發太柔軟，冷氣太涼爽，光線太陰暗，凡人都無法擋了，更何況是我們這群混兵！

十天下來，天天都可以聽到鄰近現役部隊的唱歌答數聲，由於我們身份特殊，行進間沒唱歌答數也沒有調整步伐，日復一日，一切也就順理成章地合理化。

今天的午餐時間，整隊集合帶往餐廳，值星官一時心血來潮開始下口令調整步伐。

「一二！一二！一二一二一二！」

「一二一二，精神答數！」

大家被這突如其來的命令嚇了一跳，但瞬間都回過神明白值星官的用意，便開始配合。

「雄壯！威武！嚴肅！剛直！……」

好熟悉的口號，但久未練習早已忘得一乾二淨，最後所有人聲音愈來愈小，笑成一團，此舉為即將進入尾聲的教育召集留下一刻特別的回憶。

下午是最讓人期盼的活動——發薪餉。依各人階級身份領到不同的薪餉，雙手握錢的時候才會體會：「這十天沒有白過了！」

接著回寢室整裡內務、換上便服，營集合場集合，等待四點鐘的解召。

營長照例講一些感謝各位教召員的話，三點五十九分發放解召令，四點鐘準時走出大門，正式結束十天的「重返草綠色生活」。

後記

十天的教召生活，回想起來還算輕鬆，比較不方便的是暫時失去自由、暫時受限於團體生活的約束，以及暫時得放棄原本外在生活的物慾。

這群退伍後經過社會洗禮的年輕人，帶著幾年下來養成的習性重回軍中，大部份的人心智上都有長進，都能安份守己，給自己方便也讓長官好做事；但少部份人仍維持幼稚的思想，自恃十天後又是一條猛漢，看準長官不會為難教召員，便大方地破壞團體秩序，為的只是要突顯自己很「勇敢」。敬人者人恆敬之，我不相信這種人會得到大家的認同，只有覺得可笑與惋惜。

重回軍中，階級制度下的絕對尊卑仍然處處可見，在上位者只要一點點小事不能如願便對屬下大吼大叫，似乎這樣才能顯出自己高高在上的權力及強悍的軍人本色。

身為長官若是習慣把情緒性的言詞發洩在屬下身上，不見得是一件好事。或許一開始大家都怕你，但久而久之，惡名風評自然在眾人口中傳開，如果不能即時覺悟，也夠蠢的了。

十天的生活，重新快速體驗軍中的一切，在長官沒有太多管教的前提下，我彷彿成了置身事外，冷眼觀察的記錄者。我先用客觀的態度去看待每件事，然後再把自己主觀的意見拉進來與它攪和一番，批判得愈兇狠，對自己的反省就愈嚴厲，當突然發現自己也成為筆下批判的人物時，心頭往往不由得一陣寒顫！

這也不失為正視自己這份怯懦的機會吧！

結語

昨夜，當我想起你們

天平琴

三年多來，不時會接到朋友來電詢問我究竟「草綠色的回憶」何時才要再版，一方面由於生活環境改變，不再是單純的學生身份，少有閒暇心力；另一方面則自認為整本書對這兩年來的回憶還不夠完備，應當還有更多元素可以加諸在書中。所以每次都是以「不知道」、「再看看啦」做為回應，絲毫不把這件事放在心上。

昨夜，當我再度重拾自己的回憶，讀到欣頻老師在草稿完成之初特地為我寫的序言、看到昔日同學對我的加油留言、想起現在正在服兵役的朋友與我分享當兵甘苦、以及大家對本書再版的關心之情，我發覺對自己的事不能再繼續充耳不聞，當所有人都對你有所期待之時正是你該虛心以報的時候，這種甜蜜的壓力一生罕有。

於是我從現在正在服役的朋友口中另外追憶起一些事，也再次檢視當時留下來的記錄，除了文字，還有幾首音樂作品。

這三首曲子是我在不同階段所寫下來的歌，退伍之後利用簡單的電腦軟體將它重新編曲錄音，用著最誠懇的心情與不甚成熟的技術完成：

一、**未知**（第一篇主題曲）：剛入伍時對未來兩年充滿不確定感，既徬徨又茫然，只有學習讓自己完全投入操課的疲憊中才能忘掉那些深藏心底，掛念不下的親人朋友。整首曲子主旋律以單純的口琴單音表現，希望能呈現出內心忐忑不安、外表卻故做冷靜堅強的心情。在冷冷的電子音源中加入真實樂器，呈現出來的感覺會比較有溫度。

二、**草綠色的進行曲**（第二篇主題曲）：衛校生活，最能表現軍人朝氣的，莫過於每天的繞場，唱歌答數邁開步伐前進的情景，所以我寫了一首進行曲當做對這段期間的紀念。

三、**被束縛的自由**（第三篇主題曲）：下部隊之後，班長不會如同帶新兵般地控制你的一分一秒，吃喝也不再被規定，看似獲得許多自由，但實際上，緊接而來的業務、站哨、督導、裝備、服儀、操課等等，精神壓力才是最大的束縛，這首歌於焉誕生。

從當兵的第二年決定要寫《草綠色的回憶》開始，便彷彿背負了什麼責任一樣，心底總有個聲音不斷催促我趕快完成。

退伍至今，仍不時會想起軍中的點點滴滴，有時是在夢裡，有時是經由別的事情喚起曾經的記憶，不論如何，這兩年已經左右我的日常生活。軍隊生活充滿變數，下一秒鐘會遇到什麼任務誰也不知道，只能走一步算一步，見機行事，見風轉舵，能平安退伍就是贏家。

書名取為《草綠色的回憶》，主要重在「回憶」兩個字，回憶可以清淡，可以濃郁，是一種人生歷練之後的沉澱，無論是快樂美好或是難過悲哀，都值得再三咀嚼，也值得與人分享。

我知道整個成書過程仍不夠完備，甚至文字的熟練度都尚稱青澀，而且不時會遺失記憶，等猛然想起，在情緒無法連貫的情況下，往往不知從何銜接才稱得上詞理通達、情理兼顧。

最後，要對欣頻老師為我寫序致上謝意，雖然您的序搶走整本書的光彩，但能沾染上一滴一露，我何其榮幸！

宜涯老師在文字創作路上的教導，讓我找到屬於自己的舞臺，這些感激不是三言兩語可以輕易帶過的。

郁媖在成書過程給我的意見與建議、創意與想法，功勞不在話下；Sorry 的友情協助，犧牲假期幫我趕稿，並不時激發我最深的感動，也是這本書背後的推手。

在稿子完成之初，願意分享我的故事的朋友，在你們一片完全支持聲中，我找到無比自信；正在當兵的朋友們，從你們口中得知書中所述對兵役生活產生某些提示作用時，也讓我欣喜不已。

當我一度想就此讓它石沉大海之際，幫我重燃希望的朋友——或許你不知道，正因為你的一舉一動一顰一笑，在我心靈注入了無限能量。謝謝你啦！

寫日記の習慣
真不錯！
雅婷 2/28.

I like your 自序.
本來一直想用日記
來紀錄自己的大學
生活，看了你的心血結晶以後，更確
定了這件事情，
一起努力吧！

① 真是苦了你了!! oo。
② 想想你轉戰社會組才半年
又事隔二年多，再想想自己連讀三年… 唉
③ 今年大一的迎新露營值星官人選… 嘿嘿！

小豬
99.5.3.

文筆流暢，再精簡些更好，加油！雅芳 99.2.26 PM9:40

Sorry 先
'99.02.26 1:43:52 AM 閱畢！

以前對國中生活跟我想像的很不一樣喔！慧玲

Yabumo 1999.2.27 AM1:17

看完這本讓我更了解你，也更了解
一個我一輩子也接觸不到的世界，感謝你。
看這書時，跟著隨著故事的情節感到
歡笑、淚水、咬牙過日子的感受，這就代
表你挺成功的，也真的真的替我對你在
軍中排除萬難的毅力感到佩服。

[illegible] 謝 [illegible]

香瑩 草
99 ~~98~~.3.4

[illegible]
呵！看完了
1999.2/26

唬人面不改色喲！
憶婷 99'3'9.

請copy給我一份 thx!!

國家圖書館出版品預行編目

草綠色的回憶：當兵生涯之酸甜苦悶 / 天平琴
著. -- 二版. -- 臺北市：秀威資訊科技,
2004[民 93]
面； 公分. -- (語言文學；PG0013)
ISBN 978-986-7614-20-9(平裝附光碟片)

855 93003976

語言文學類 PG0013

草綠色的回憶-當兵生涯之酸甜苦悶

作 者 / 天平琴
發 行 人 / 宋政坤
執行編輯 / 劉醇忠
圖文排版 / 劉醇忠
封面設計 / Sorry
數位轉譯 / 徐真玉 沈裕閔
圖書銷售 / 林怡君
法律顧問 / 毛國樑 律師
出版印製 / 秀威資訊科技股份有限公司
台北市內湖區瑞光路 583 巷 25 號 1 樓
電話：02-2657-9211 傳真：02-2657-9106
E-mail：service@showwe.com.tw
經 銷 商 / 紅螞蟻圖書有限公司
台北市內湖區舊宗路二段 121 巷 28、32 號 4 樓
電話：02-2795-3656 傳真：02-2795-4100
http://www.e-redant.com

2004 年 3 月 BOD 二版
定價：260 元

讀　者　回　函　卡

感謝您購買本書，為提升服務品質，煩請填寫以下問卷，收到您的寶貴意見後，我們會仔細收藏記錄並回贈紀念品，謝謝！

1.您購買的書名：________________________

2.您從何得知本書的消息？

□網路書店　□部落格　□資料庫搜尋　□書訊　□電子報　□書店

□平面媒體　□ 朋友推薦　□網站推薦　□其他__________

3.您對本書的評價：(請填代號　1.非常滿意 2.滿意 3.尚可 4.再改進)

封面設計____　版面編排____　內容____　文/譯筆____　價格____

4.讀完書後您覺得：

□很有收獲　□有收獲　□收獲不多　□沒收獲

5.您會推薦本書給朋友嗎？

□會　□不會，為什麼？______________________________

6.其他寶貴的意見：__________________________________

____

____

____

讀者基本資料

姓名：________________　年齡：_____　性別：□女　□男

聯絡電話：______________　E-mail：________________

地址：____

學歷：□高中(含)以下　□高中　□專科學校　□大學

□研究所(含)以上　□其他_____________

職業：□製造業　□金融業　□資訊業　□軍警　□傳播業　□自由業

□服務業　□公務員　□教職　□學生　□其他__________

請貼
郵票

To：114

台北市內湖區瑞光路583巷25號1樓

秀威資訊科技股份有限公司　　收

寄件人姓名：

寄件人地址：□□□

（請沿線對摺寄回,謝謝!）

秀威與BOD

BOD（Books On Demand）是數位出版的大趨勢，秀威資訊率先運用POD數位印刷設備來生產書籍，並提供作者全程數位出版服務，致使書籍產銷零庫存，知識傳承不絕版，目前已開闢以下書系：

一、BOD 學術著作—專業論述的閱讀延伸
二、BOD 個人著作—分享生命的心路歷程
三、BOD 旅遊著作—個人深度旅遊文學創作
四、BOD 大陸學者—大陸專業學者學術出版
五、POD 獨家經銷—數位產製的代發行書籍

BOD秀威網路書店：www.showwe.com.tw
政府出版品網路書店：www.govbooks.com.tw

永不絕版的故事・自己寫・永不休止的音符・自己唱